수술 실습견

쿵쿵따

“병원에서 8년이나 살았으니
마지막은
넓은 마당에서
자유롭게 살게 해주자”

수술 실습견 쿵쿵따

글·그림 박민경

차례

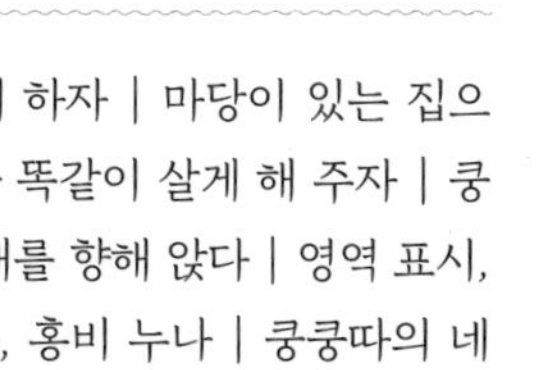

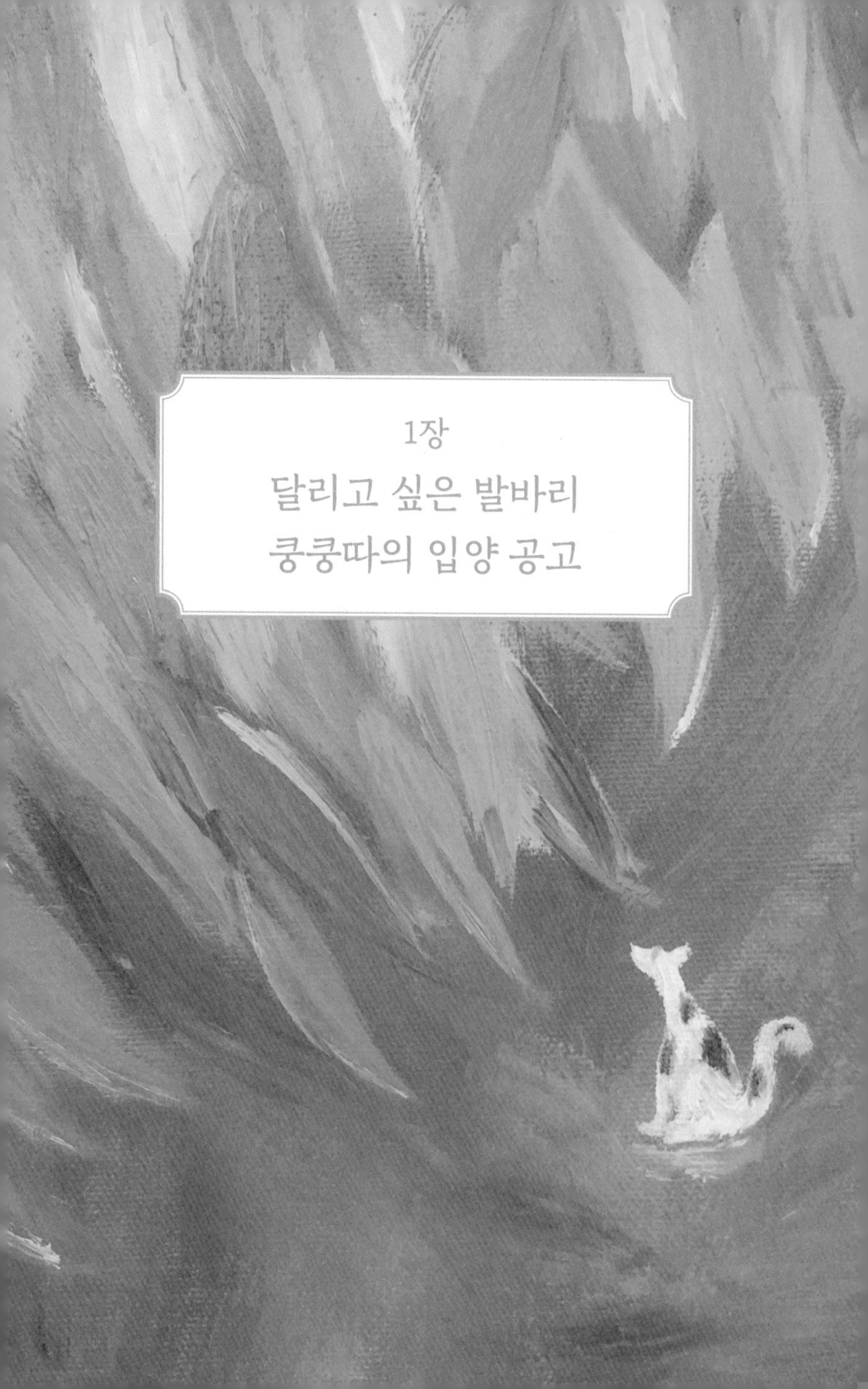

1장
달리고 싶은 발바리
쿵쿵따의 입양 공고

달리고 싶은 아이
쿵쿵따

병원 케이지에서 8년을 살았다는 쿵쿵따.

어느 날 자주 찾는 블로그에 '달리고 싶은 아이 쿵쿵따'라는 제목의 짧은 입양 공고 글이 올라왔다. 동물을 좋아하다 보니 동물 관련 카페나 동물병원 블로그를 팔로우하고 매일 업데이트되는 동물들의 이야기를 읽고는 했다. 그곳에는 유기동물의 가족을 찾는 글이 자주 올라왔다. 버려진 개들의 가족을 찾는 입양 공고.

이름 쿵쿵따. 생소하기도 하고 재미있는 이름이라고 생각했다. 달리고 싶은 아이 쿵쿵따. 어떤 사연이 있는 아이일까? 몸집이 자그마한 잡종이었고, 노란색 조끼를 입고 눈이 얼굴의 반을

차지할 정도로 매우 커서 까만 눈동자에 푹 빠질 것 같았다. 아마도 얼마 전 무지개다리를 건넌 우리 집 반려견 쫑이와 똑 닮아서 보고 또 봤던 것 같다. 입양을 위한 짧은 공고 글에는 오랜 병원 생활을 한 만큼 마음껏 뛰어다닐 수 있는 넓은 마당이 있는 집이면 좋겠다고 적혀 있었다. 좋은 가족이 나타났으면 좋겠다고 생각하며 무심히 지나쳤다.

쿵쿵따의 입양 공고 글은 동물병원에서 미용사로 일하는 직원이 운영하는 블로그에 올려져 있었다. 그는 주로 다양한 사정으로 병원에 잠시 머물다가 입양을 가거나 임시보호를 가는 아이들의 이야기를 올렸다. 글을 읽다 보니 수술 후 병원비가 비싸다며 반려동물을 버리거나 호텔링이나 미용을 맡긴 후 사라지는 사람들이 생각보다 많았다. 블로그에 글이 올라오는 뭉크, 행운이, 오월이, 깜이 등이 그런 아이들이었다. 저마다의 아픈 사연을 간직한 채 병원에서 살고 있었다. 블로그 운영자는 병원에 버려진 아이들의 일상을 올리면서 입양이나 임시보호를 부탁하는 글을 함께 올렸다.

병원 아이들 사진 속에 종종 노란색 옷을 입은 쿵쿵따가 보였다. 그런데 다른 아이들은 글이 자주 올라오던데 쿵쿵따는 입양 공고가 한 번 있은 후 뒷이야기가 올라오지 않았다. 재입양 공고도 올라오지 않고 입양이 되었다는 이야기도 없었다. 다른 아이들은 이름과 함께 그 아이의 특징이 언급되고는 했는데 쿵쿵따라는 특이한 이름을 가진 그 아이의 사연은 올라오지 않았다. 이유가 궁금해지기 시작했다.

나는 발바리예요

쿵쿵따에게 관심이 생겼지만 바쁜 직장 생활로 잊고 살았다. 두 달쯤 지난 겨울의 끝자락이었던 어느 날 쿵쿵따의 입양 공고 글이 다시 올라왔다. 이번에는 조금 더 긴 글이었다. 글에는 글을 올린 사람의 쿵쿵따에 대한 애정이 담뿍 담겨 있었다. 또한 안쓰럽고 절박한 감정도 내비쳤다. 쿵쿵따 1인칭 시점으로 쓰인 글이었다. 글을 읽는 내내 쿵쿵따가 내 앞에서 절절하게 어필하고 있는 것 같았다.

나는 발바리예요.
어떤 사람들은 나보고 똥개라고도 해요.
나는 아주 어릴 때 버려졌어요. 그리고 지금 제가 있는 병원에 오게 되었어요. 수년의 시간이 지나고, 꽤 많은 나와 같은 처지의 아이들이 이 병원에 왔다가 새로운 입양 가족을 만나 가곤 했어요. 간혹 길에서 떠돌다가 생긴 병이 너무나 깊어서 병원에서 무지개다리를 건넌 아이들도 있었고요.

그렇게 저는 이 병원에서 8년을 있었어요. 병원 식구들이 새로운 가족을 찾기 위해 노력할 때마다 늘 다른 아이들이 먼저 입양을 가 버렸어요. 그때마다 병원 누나들은 제게 고기 캔에 사료를 비벼 줘요. 나는 맛나게 밥을 먹고 빙글빙글 신나게 돌아요. 나는 제자리에서 빙글빙글 신나게 돌기를 잘해요.

원래 넓은 곳에서 뛰놀기를 좋아하지만 병원 식구들이 바쁘지 않을 때만 잠시 산책을 할 수 있어요. 그 외엔 항상 작은 철장에 갇혀 있어야 해요. 병원에 오는 손님들이나 아파서 오는 친구들에게 방해가 되면 안 되니까 평소엔 작은 철장에 혼자 있어요.

그래서 제자리에서 열심히 뛰는 방법을 터득했어요. 반가운 사람이 올 때나 나를 입양할지도 모르는 사람들이 보러 올 때마다 나는 반가운 마음에 제자리에서 빙글빙글 돌면서 달렸어요.

나를 보러 오는 사람들은 나보고 불쌍하다고 해요. 하지만

난 늘 즐겁게 빙글빙글 돌아요. 아침이면 간호사 누나가 맛난 사료와 신선한 물을 주고, 가끔 병원 앞 보도에서 산책을 해요. 새로운 유기견 친구가 들어왔다가 입양을 가는 날이면 또 다시 맛있는 고기 캔을 먹을 수 있는걸요.

병원 식구들은 내 눈이 참 맑대요. 내가 너무너무 착하대요. 그런데 왜 입양을 못 가는 거냐고 한 누나는 울었어요. 내 엉덩이를 때리면서.

난 괜찮은데 누나가 먼저 울고 말았어요. 나는 엉덩이를 찰싹 찰싹 맞았지만 빙글빙글 돌면서 달렸어요.

'누나. 난 괜찮아. 이렇게 잘 달리잖아?'라고 말했어요.

누나가 어떤 책을 가져오더니 내게 말했어요. 쿵쿵따. 이 책에 보면 말이야… 발바리는 여러 종과 섞이는 과정에서 가장 우수한 유전자를 골라서 진화한 거래. 그렇게 쓰여 있어. 그러니까 넌 정말 우수한 개야.

무슨 종, 무슨 혈통, 사람들은 고르고 고르지만, 넌 정말 좋은 품성을 가진 개야. 누나의 말처럼, 전 귓병에도 잘 안 걸리고 피부병에도 잘 안 걸려요. 한겨울 추위도 잘 버틸 수 있고, 무더운 한여름에도 산책을 잘 다녀요. 이 병원에 있는 8년 동안 단 한 번도 아픈 적이 없어요. 누나의 말처럼 난 정말 좋은 개인가 봐요.

난 발바리예요. 어떤 사람들은 나더러 똥개래요. 복날 잡아 먹기 위해서 기르는 그런 똥개래요. 하지만 사람들도 피부색이 다르고 인종이 다르잖아요. 어떤 나라 사람들은 잡아 먹어도 되고, 함부로 죽여도 되고 하는 게 아니잖아요. 피부색이 다르고 인종이 달라도 사람들은 다 똑같은 사람이라고 하던걸요.

그래서 나도 다른 아이들과 똑같은 좋은 개예요. 나는 누구보다 빙글빙글 잘 달릴 수 있어요. 나는 누구보다 더 멋지고 예쁜 털과 무늬를 가지고 있어요.

내가 여기에 있는 동안에 내 옆자리에 새로운 유기견 친구들이 들어왔다가 떠나고 간호사 누나들이 새로 바뀌고 미용사 누나도 바뀌고… 병원도 더 커졌어요. 병원 식구들은 늘 제게 "좋은 가족을 못 찾아줘서 미안해"라고 말하지만 나는 누구도 원망해 본 적이 없어요.

난 늘 제자리에서 빙글빙글 열심히 달려요. '누나 난 괜찮아! 선생님 난 괜찮아요~!!'

그렇게 말하면서 열심히 빙글빙글 제자리 달리기를 해요.

하지만 내게 작은 마당이 있었으면 좋겠다는 생각을 가끔 하곤 해요. 나도 가족이 있었으면 좋겠다는 생각을 하곤 해요.
나를 사랑해 주는 식구가 있었으면 좋겠다는 생각을 해요.
어제도 병원 누나가 고기 캔에 사료를 비벼 줬어요. 또 한 친구가 좋은 가족을 만나서 입양을 갔다는 소식도 들었어요. 그 아이는 나이도 많고 다리도 많이 아픈데… 참 잘됐다는 생각을 했어요.
그래서 나도 희망이 생겼어요. 나는 잘 달리고 건강하니까요.
그래서 내게도 좋은 가족이 생길 것 같은 생각이 들었어요.
내게 새로운 가족과 작은 마당이 생기면 이젠 더 이상 빙글빙글 돌면서 제자리를 달리지 않아도 될 거예요. 가슴줄을 하고 넓은 길도 달릴 수 있을 거예요. 오늘도 그 생각을 하면서 병원 누나들을 보고 컹컹 짖고는 빙글빙글 달려요.
나는 아주 멋진 발바리예요.

긴 글이었다. 쿵쿵따는 아주 어렸을 때 병원 앞에 버려졌고, 입양을 기다리며 8년을 병원에서 살았다고 했다. 같은 처지의 아이들이 하나둘 새로운 가족을 만나 떠나가는 동안 쿵쿵따만 오랫동안 남겨졌다. 사람만 보면 좋아서 제자리에서 빙글빙글 도는 것이 특기. 쿵쿵따라는 이름과 묘하게 어울렸다.

쿵쿵따는 품성이 좋은 착한 아이라고 적혀 있었다. 눈이 엄청나게 크고 동글동글한 사진 속 쿵쿵따의 모습을 보니 그 말을 믿지 않을 수 없었다. 글을 올린 분은 쿵쿵따가 더 이상 제자리에서 빙글빙글 돌지 않고 달릴 수 있는 환경으로 입양 갈 수 있기를 바랐다. 소박한 욕심이라면 작은 마당이 있는 곳이면 좋겠다고 했다. "나는 아주 멋진 발바리예요"라고 쓰인 마지막 문장 아래로 두 달 전에 보았던 노란 조끼를 입은 쿵쿵따가 혀를 날름거리고 있었다.

쿵쿵따의 까맣고 큰 눈동자를 한참을 보고 또 보았다. 바쁜 일을 마친 후에 입양 공고 글을 다시 읽었다. 하지만 원룸에 살고 있는 나는 이 아이를 데려올 자신이 없었다. 좋은 가족이 나타나기를 바랄 뿐이었다. 혹시나 좋은 입양자가 나타났나 싶어서 댓글을 자주 확인했다. 하지만 모두 마당이 없어서 데려올 수 없다고, 더 좋은 가족이 나타나길 바란다는 응원의 글뿐이었다.

아프고 버려진 아이들에게 작은 힘을 보태다

어릴 때부터 동물을 좋아했고 개와 함께 자랐다. 하지만 긴 출퇴근 시간과 잦은 야근, 밤샘 작업을 하는 직업적 특성과 친구와 작은 원룸에 함께 살고 있어서 반려동물과 함께 살 수 있는 환경이 아니었다. 그나마 삭막한 회사 생활에 작은 단비 같은 순간은 랜선 집사 노릇을 하는 것이었다. 업무에 지칠 때면 사람들이 자랑삼아 올리는 반려동물 사진에 푹 빠져 스트레스를 푸는 것이 유일한 해방이었다.

마냥 행복하고 좋은 글만 눈에 들어오는 것은 아니다. 온라인 카페를 중심으로 학대를 당하거나 유기된 동물을 구조하는 활동이 활발했다. 나는 그런 활동에 직접 나설 용기가 없었다. 직접 마주하기 싫은 불편한 마음도 있었다. 그래서 피했다. 온라인에는 눈물 없이는 볼 수 없는 사연 많은 아이들에 대한 글, 구조하고 치료한 후 입양처를 알아보고 입양을 보내는 글들이 빼곡했다. 사람이 어떻게 이렇게까지 잔인할 수 있는지 믿기지 않는 일들이 너무 많았다.

이사 가는 이웃이 버리고 간 개를 구조한다는 글, 임신한 길고양이를 구조한 후 출산까지 돕고 어미 고양이 뒷바라지를 하며 새끼 고양이들의 입양처를 찾는 글도 많았다. 동물병원에 근무하거나 애견 미용실을 하면서 구조 활동을 하는 사람도 많았다. 그때 처음으로 병원이나 펫숍에 반려동물을 버리는 사람이 많다는 사실을 알게 되었다.

생각보다 많은 사람들이 직접 구조 활동에 참여하고, 임시보호를 맡기도 했다. 하지만 내가 할 수 있는 일은 치료비를 조금 보태는 것뿐이었다. 직접 끔찍한 현장에 갈 용기도 없고, 임시보호를 하거나 입양을 할 수 있는 여건이 안 돼서 치료비를 조금씩 보냈다. 이상하게도 그때쯤부터 치료비 모금 글들이 눈에 더 자주 띄었는데 아마도 나도 모르게 그런 글들을 클릭하고 있었던 것 같다.

"긴급 수술이 필요한데 수술비가 없어서 기다리고 있습니다."

"상태가 안 좋아서 병원에 장기 입원 중인데 병원비 정산이 미뤄지고 있어요." "치료 후 갈 곳이 없어서 일주일 넘게 호텔링을 하고 있어요. 도와주세요." "구조 후 병원에서 검진을 받고 보니 심장사상충이 꽤 진행된 상태라 입원과 치료에 필요한 비용을 모금합니다."

정기 후원 외에도 종종 급하게 치료가 필요한 아이들의 후원 모금에 조금이나마 동참했다. 후원한 아이들이 치료를 잘 받고 회복해서 좋은 가족을 만나 입양을 갈 때의 기쁨은 이루 말할 수 없었다.

병원에 버려지다

유기동물 문제에 관심을 갖게 되면서 인터넷 검색으로 유기동물에 관한 글을 좀 더 많이 그리고 자주 찾아서 읽기 시작했다. 쿵쿵따가 있는 동물병원 직원이 올리는 병원 이야기를 놓치지 않고 꾸준히 읽었다. 병원에 장기 투숙하는 버려진 아이들의 이야기와 입양 공고 글도 올라왔다. 아이들의 이야기를 읽다 보니 궁금하고 정이 들어서 거의 매일 들락거리기 시작했다.

새끼 때 버려진 병원 개 7년차 깜이

까만 털옷을 멋지게 입은 깜이. 몸은 온통 까만데 입만 하얗다. 휘핑 크림을 입 주위에 묻힌 커피 광고 주인공 같았다. 새끼 때 병원 앞에 버려진 후 7년을 병원에서 보냈다. 병원에 오는 사람들을 많이 만난 덕인지 눈치가 빠르고 애교도 넘쳤다.

깜이는 가출 사건을 벌이기도 했다. 어느 날 무슨 이유에서인지 병원 직원에게 야단을 맞았다. 그런데 그날 깜이가 병원을 탈출한 것이다. 다행히 깜이는 병원으로 돌아왔는데 동네 사람들에게 수소문하니 마을버스를 타고 동네를 한 바퀴 돌았다는 것을 알게 되었다. 가출한 동안 마을버스 탑승 사건 외에 또 어떤 일이 있었는지는 알 수 없었지만 깜이는 반나절 만에 스스로 병원으로 돌아와서 병원 식구들을 놀래켰다. 디즈니 애니메이션에서나 볼 수 있는 스토리를 갖고 있는 깜이다.

미용, 호텔링으로 왔다가 버려진 뭉크와 장금이

시추인 뭉크는 병원에 다니던 고객이 어느 날 호텔링을 맡겨 놓고는 잠적해서 병원 개가 되었다. 장금이도 병원 미용실에 맡겨졌다가 병원 개가 되었다. 장금이 미용을 맡기고 간 보호자가 며칠이 지나도록 아이를 찾으러 오지 않아서 연락을 했더니 틀린 전화번호였다. 사람들은 자기 마음 편하자고 병원에 동물을 버리는 모양이다. 병원에 버렸으니 안락사하는 보호소로는 보내지 않을 거라고 믿고 다른 곳에 버리는 것보다 죄책감을 덜 느낄 것이다. 매일 따뜻한 온기를 나누던 한 생명을 버리고 간 그 사람들의 옆 자리는 무엇으로 채워질까? 아이의 빈자리를 보며 무슨 생각을 할까?

병원 문에 묶인 채 버려진 오월이

병원 문이 열리기 전인 새벽, 어떤 사람이 병원 문에 개를 매달아 놓고 달아났다. 그렇게 5월에 버려진 개는 오월이라는 이름을 얻고 병원 개가 되었다. 오월이는 품종이 있는 개여서인지 금방 좋은 가정에 입양되었다. 글을 읽는 나도 함께 행복했다. 그런데 얼마 지나지 않아 원래 키우던 개의 텃세가 심하다며 파양되었다. 다시 병원으로…. 다행히도 오월이는 파양된 후 1년 뒤에 다시 입양되었고, 잘 살고 있다.

치료 대신 안락사해 달라고 했던 행운이

행운이는 13살에 병원 개가 되었다. 13년을 키웠다는 부부는 배가 남산만하게 불러 있는 오월이를 안고 병원에 왔다. 부부는 개가 아파하니 안락사를 시켜 달라고 요구했는데 병원 원장은 안락사를 거부했다. 치료가 가능한 아이였기 때문이다. 그 말을 듣고도 부부는 안락사를 시키라는 말만 남기고 사라졌다. 그렇게 버려진 행운이는 병원에서 수술을 받고 병원 개로 6개월을 잘 지내다가 떠났다.

동물병원은 아픈 아이를 치료하는 곳이라고만 알고 있었는데 반려동물을 버리는 공간이 될 수도 있다는 생각을 하지 못했다. 이런 현실은 차라리 모르는 게 나았을 것 같다. 현실을 알아가는 것이 가슴 아팠고 충격이었다. 외면하고 싶은 이야기를 접할 때마다 서둘러 밝고 해맑은 아이들 이야기와 사진들을 찾아 인터넷을 이곳저곳 부유했다.

쿵쿵따가 있는 동물병원 블로그에는 가슴 아픈 사연이 많아서 찾아가고 싶지 않았지만 버려진 아이가 어떻게 지내고 있는지, 좋은 가족을 찾았는지 궁금해서 다시 찾고는 했다. 더 자주 찾아가서 꼼꼼하게 글을 읽다 보니 자연스럽게 병원에 오래 살고 있는 아이들에 대해 더 많은 걸 알게 되었다.

쿵쿵따와 장군이,
이름이 생기다

쿵쿵따는 아주 어릴 때 병원 앞에 버려져 쭉 살게 되었다. 누군가 쿵쿵따와 한배로 보이는 강아지를 박스에 넣어 병원 앞에 버리고 갔다. 아침에 출근한 병원 사람들은 버려진 강아지 두 마리를 어찌해야 할지 고민에 빠졌다. 당장 해결 방법은 없었지만 어리니 금방 입양이 될 거라고 생각하고 병원에서 돌보면서 입양처를 알아보기로 했다. 유기동물 보호소로 보내는 방법도 있었지만 입양자가 나타나지 않으면 한 달도 되지 않아 안락사되기 때문에 그 방법은 고려대상이 아니었다.

그런데 기대와 달리 좀처럼 입양하겠다는 사람이 나타나지 않

았다. 온라인에 올린 입양 공고 글을 보고 간혹 관심을 보이며 직접 병원을 찾아오는 사람도 있었지만 입양 성공까지 이어지지 않았다. 원인은 품종견도 아니고 외모가 뛰어나게 귀여운 것도 아닌 전형적인 발바리 믹스견이라서 그런 것 같았다. 그러는 사이 강아지 형제보다 늦게 병원에서 지내게 된 유기견들이 먼저 입양을 가기도 했다. 잡종 개는 입양되기 어렵다는 말이 현실임을 깨닫는 순간이었다. 현실의 벽에 부딪혀 입양에 대한 희망이 조금씩 희미해져 갔다. 강아지 형제도 힘들었지만 입양을 위해 애쓰던 병원 직원들에게도 힘든 시간이었다.

입양이 현실의 벽에 부딪치자 직원들은 다 같이 모여 수를 강구했다. 일단 이름을 지어 주기로 했다. 이름이 있어야 입양 공고 글을 본 사람들의 뇌리에 오래 남을 것 같았다. 어떤 이름이 좋을지 서로 이야기를 나누었다. 버려진 두 아이 중에서 몸집이 작고 소심한 편이어서 늘 얌전하게 있는 강아지는 씩씩하라는 의미로 장군이라고 지었다. 덩치가 조금 큰 다른 아이는 사람만 보면 제자리에서 신나게 빙글빙글 도는 행동을 보여서 쿵쿵따라고 지었다. '제자리에서 빙글빙글 열심히 달리기'는 이 아이만의 특기였다.

일단 장군이와 쿵쿵따라고 이름을 짓자 왠지 둘 다 입양을 잘 갈 수 있을 거라는 믿음이 생겼다.

병원에서
산 지 2년

쿵쿵따와 장군이라는 이름을 얻었지만 입양은 쉽지 않았다. 하루, 이틀, 한 달, 두 달, 그렇게 훽 2년의 시간이 지났다. 귀엽고 해맑은 강아지였는데 어느새 성견이 되었다. 입양 가기 좋은 어린 시절이 지나가 버렸다는 의미다. 두 아이가 어릴 때는 병원 손님들도 예쁘다며 귀여워했는데 다 크자 귀여워하고 예뻐해 주는 사람보다 불쾌하게 생각하는 사람들이 더 많았다. 직원들은 병원을 방문한 손님들이 혹시라도 싫은 내색을 할까 봐 눈치를 보게 되었고, 아이들은 병원 안쪽 작은 방에 갇혀 지내는 시간이 길어졌다.

병원의 고민도 깊어졌다. 병원에 유기되는 개와 고양이가 점점 많아지고 있었다. 병원 공간은 한정적인데 계속 데리고 있을 수도 없는 상황이었다. 보호소로 보내야 할지 아니면 입양자를 찾기 위해 좀 더 기다려야 할지 아이들의 거취에 대한 논의가 필요했다. 동물병원에서도 입양자를 찾지 못했는데 보호소에 보낸다고 입양이 가능할까? 품종견도 입양되기 어려운 상황에서 잡종견이 입양될 확률은 희박했다. 게다가 보호소는 안락사를 시킨다. 결정하기가 정말 어려운 상황. 안락사 없는 사설 보호소도 있지만 이미 포화 상태이거나 환경이 열악한 곳이 많았다. 병원 상황이 좋지 않다고 안락사되거나 환경이 열악한 곳으로 모른 척 보낼 수는 없었다.

"처음부터 보호소에 맡겨야 했을까요?" "그렇다고 같이 지낸 시간이 있는데 이제 와서 보내기도 쉽지 않네요."

고민은 깊어 갔다.

잡종이 싫은 사람들

쿵쿵따는 흔히 말하는 잡종, 발바리, 믹스견이다. 다시 말해 사람들에게 인기 없는 개. 그래서 입양이 어려운 개. 하지만 병원 직원들은 쿵쿵따의 입양에 대한 희망의 끈을 놓지 않았다. 입양을 맡아서 진행하고 있던 미용사는 사진과 함께 입양이 필요한 아이들의 사연을 블로그에 꾸준히 소개했다. 덕분에 쿵쿵

따도 다른 아이들과 같이 종종 사진이 올라왔다. 병원을 방문한 손님들에게 자연스럽게 소개하기 위해 로비에 풀어 두기도 했다. 쿵쿵따도 병원 로비에서 병원 방문 손님들을 자유롭게 만났다.

"쿵쿵따 여기서 놀고 있어. 손님들 중에 우리 쿵쿵따한테 관심 있는 사람이 있을 수 있어." "쿵쿵따는 사람도 좋아하고 착하니까 금방 가족이 나타날 거야."

직원들의 간절한 마음을 아는지 쿵쿵따는 병원에 손님이 오면 쪼르르 달려가 눈을 맞추고 손을 핥으며 애정 공세를 펼쳤다. 특히 진료 받으러 온 다른 동물 환자들을 특별히 대했다. 쿵쿵따는 동물 환자들에게 관심이 많았고, 예의 바르고 친절하게 대했다. 아픈 동물의 수호천사 같았다.

그런데 쿵쿵따가 자신의 반려견에게 다가가 관심을 보이는 것을 탐탁지 않게 생각하는 보호자들도 있었다.

한 번은 이런 일도 있었다. 예쁘게 꾸민 품종 개를 안고 로비에서 차례를 기다리던 한 보호자가 쿵쿵따가 꼬리를 흔들며 달려가서 앞발을 얹고 인사하려고 하자 벌떡 일어나 소리쳤다.

"꺅! 누가 이런 애를 여기다 풀어 놓은 거예요? 애 좀 치워요. 더럽게…."

깜짝 놀란 직원들이 달려가서 여러 차례 죄송하다고 사과를

해야 했다. 쿵쿵따가 사람을 좋아하고 다른 동물들에게 관심이 많아서 그렇다며 이해해 달라고 연신 허리를 굽혔다.

"아니, 이런 품종도 없는 발바리를 병원에 돌아다니게 하면 어떡해요?"

보호자는 바짓단을 손으로 툭툭 털어내면서 연신 불쾌감을 드러냈다. 그 보호자만이 아니라 보호자 중에는 품종이 아닌 '잡종개, 믹스견, 똥개, 발바리' 등으로 불리는 개를 불편해하는 사람들이 많았다. 그러다 보니 쿵쿵따가 병원 로비에 나와 있는 시간이 자연스럽게 점점 줄어들기 시작했다. 직원들이 시간 날 때마다 함께 산책을 나가기도 했지만 모두 자기 일로 바쁘다 보니 길게 산책하는 시간이 점점 줄어들었다. 점차 쿵쿵따는 하루 대부분을 케이지 안에 갇혀서 혼자 많은 시간을 보내게 되었다.

멋진
발바리

슬픈 일이 벌어질 때마다 미용사는 쿵쿵따에게 고기 캔과 사료를 맛있게 비벼 주었다. 분명히 좋은 가족이 생길 거라며 책에서 읽은 내용을 쿵쿵따에게 들려주었다.

"있잖아, 쿵쿵따. 발바리는 여러 종과 섞이는 과정에서 좋은 유전자만 골라 진화했대. 그래서 병에 더 쉽게 걸리지 않는 거래. 쿵쿵따는 정말 우수한 개야. 사람들은 어떤 종, 어떤 혈통 그런 걸 따지지만 너는 훌륭한 품성을 가진 개야. 알았지?"

이 말을 듣고 쿵쿵따는 펄쩍펄쩍 뛰다가 제자리에서 빙글빙글 돌기를 반복하며 미용사와 눈을 맞추었다. 자기는 괜찮다고 슬퍼하지 말라고 오히려 미용사를 위로하는 것 같았다.

병원 로비에 나가는 시간은 줄었지만 마음씨 좋아 보이는 손님이 오면 가끔씩 병원 로비에 쿵쿵따를 내놓았다. 동네 산책도 잊지 않았다. 시간이 많지 않아 멀리 가지는 못하지만 케이지 안에서 긴 시간 혼자 있었을 쿵쿵따를 위한 짧은 동네 산책이었다. 내내 케이지 안에서만 지낸 날에는 원장을 비롯한 모든 병원 직원들이 간식을 들고 번갈아 쿵쿵따를 찾았다.

미용사는 쿵쿵따의 입양을 포기하지 않았다. 바쁜 미용일 중에도 쿵쿵따와 자주 산책을 했고, 케이지에 혼자 있는 쿵쿵따를 찾아왔다. 오늘은 어떤 손님이 왔고, 어떤 동물 환자가 와서 어떤 치료를 받았는지 다양한 이야기를 들려주었다. 제발 그 사람들 중에서 쿵쿵따를 데려갈 사람이 있기를 바랐다. 품종 개가 아니라도 버려진 아이를 품어 줄 사람이 있지 않을까 끝까지 희망을 놓지 않았다.

2장

수술 실습견의 시작

첫 수술,
중성화수술

병원에는 종종 인턴 과정을 하는 수의사들이 머무른다. 어느 날 인턴에게 중성화수술 일정이 잡혔다. 처음 하는 수술이었다. 연습이 필요했다. 당시 장군이와 쿵쿵따는 중성화수술을 하지 않은 상태였다. 어차피 입양을 보내려면 중성화수술이 필요했고, 둘 다 수술이 가능한 나이였다.

인턴이 첫 중성화수술을 하기 전에 실습 삼아 장군이와 쿵쿵따의 중성화수술을 하기로 결정됐다. 중성화수술 경험이 없는 상태여서 병원 손님이 데려온 아이의 중성화수술을 하기에는 부담이 있었기 때문이다. 실습 경험을 위해 쿵쿵따와 장군이가 수술대에 올랐다. 수컷의 중성화수술은 까다롭지도 오래 걸리지도 않기 때문에 무사히 끝났다. 장군이가 먼저 수술을 받았고, 몇 주 뒤 쿵쿵따도 수술을 받았다.

그렇게 쿵쿵따와 장군이는 첫 번째 수술을 겪었다. 중성화수술은 두 아이에게도 필요한 수술이었다. 하지만 이 수술이 앞으로 있을 수많은 실습 수술의 시작이 될지 그때는 아무도 몰랐다.

수술 실습견의 시작

규모가 큰 동물병원은 국가 규정에 따라 실습견을 구입해서 수술 등 여러 실습을 진행한다. 하지만 규모가 크지 않은 병원에서는 실습견이 있는 큰 병원을 수소문해야 한다. 쿵쿵따가 있는 병원도 예외는 아니었다.

"그동안 우리 병원도 수술 실습이 필요할 때는 다른 병원에 부탁해서 참여했어요. 그런데 아무래도 기회를 얻기가 어렵더라고요. 우리 병원에서 직접 할 수 있으면 좋을 것 같은데…."

직원들은 가만히 듣고 있었지만 원장이 무슨 말을 하려는지 알 것 같았다. 쿵쿵따와 장군이에 관한 이야기였다. 수술 실력이 좋아지려면 기회가 많아야 하는데 작은 병원은 그게 어렵기 때문이다. 무슨 말인지 이해했지만 쿵쿵따와 장군이가 수술 실습의 대상이 된다고 생각하니 모두 마음이 편하지 않았다.

정이 많이 들어서 안 된다고 말하기도 힘들었다. 게다가 언제 입양될지 모르는데 병원에서 기한도 없이 계속 지내게 해달라고 할 수도 없었다. 그렇다고 실습견은 안 되니 안락사가 될 게 뻔한 유기견 보호소로 보낼 수도 없었다. 병원 직원 모두 같은 마음이었다. 누구하나 선뜻 결정을 내리지 못했다. 힘들고 깊은 고민이 며칠 동안 계속되었다.

마침내 결정이 내려졌다.

"아이들이 좋은 가족을 찾을 때까지 병원에서 돌봐 주고, 대신 가끔 수술 실습을 하기로 해요. 쿵쿵따와 장군이가 빨리 입양될 수 있도록 노력합시다."

순종 개의 수술 전에
먼저 수술대에 오르다

그렇게 쿵쿵따와 장군이는 병원에서 수술 실습견으로 생활하게 되었다. 어떤 날은 인턴의 실습을 위해 수술실에 들어갔고,

또 어떤 날은 비싼 몸값을 자랑하는 반려견의 수술이 있기 전 사전 연습을 위해 수술대 위에 올랐다

쿵쿵따와 장군이는 번갈아 수술을 받았다. 많으면 한 달에 한 번, 보통은 몇 달에 한 번씩 수술을 받았다. 수술이 끝나면 케이지로 옮겨져 마취에서 깨어날 때까지 혼자 견뎌야 했다. 직원들이 짬을 내어 살피러 가기도 했지만 대부분의 시간을 혼자 견뎠다.

아픈 동물들이 병원에 많이 오면서 수술도 늘자 가끔이던 실습 수술도 횟수가 늘었다. 다른 병원으로 수술 실습을 가지 않아도 되니 병원에서의 수술 실습이 자연스레 느는 것 같았다. 쿵쿵따와 장군이는 번갈아 가며 수술대에 올랐다.

작은 몸 안에 계속해서 수술할 곳이 남아 있다는 것이 놀라울 정도였다. 시간이 지나면서 아이들이 이전에 받았던 수술이 완전히 회복될 때까지 기다려 주지 않았다. 잦은 마취와 미처 회복되지 못한 몸 상태 때문에 마취에서 깨어나지 못하는 것은 아닌지 쿵쿵따와 장군이를 수술실로 보낼 때마다 조마조마했다.

직원들은 수술 실습이 시작되면서 쿵쿵따와 장군이에게 늘 미안했다. 보호소에 보내지 않기 위한 선택이 이 아이들을 더 힘들게 한 것은 아닌지 늘 고민했다. 또한 이렇게 수술을 많이 받은 아이들을 입양 보낼 수 있을지도 불안하고 걱정됐다. 하지만 포기할 수 없었다. 쿵쿵따와 장군이를 가족으로 맞이하겠다는 사

람들은 여전히 찾기 힘들었지만 그럴수록 입양자를 찾기 위해 더 노력했다.

반복되는 수술, 쿵쿵따의 변화

늘 사람 손을 그리워하고 성격이 밝았던 쿵쿵따는 언제부터인가 사람들이 몸을 만지려고 손을 가까이 가져가면 잔뜩 움츠리면서 경직되는 모습을 보였다. 안아주려고 쿵쿵따의 어깨로 손을 뻗으면 예전과 달리 긴장하는 모습을 볼 수 있었다. 자신을 들어올려 수술대 위에 눕히는 사람 손이 몸이 경직될 만큼 싫고 무서웠을 것이다. 하지만 그럼에도 불구하고 쿵쿵따는 단 한 번도 사람에게 으르렁대거나 물지 않았다. 그게 더 마음을 아프게 했다.

"쿵쿵따, 장군아, 미안해. 빨리 가족을 찾아주지 못해서 정말 미안해."

직원 중에서도 특히 입양에 애를 쓰던 미용사는 수술이 끝나면 아이들을 찾았다. 맛있는 캔이나 간식을 가져다주었다. 아이들을 위해 해 줄 수 있는 것이 이것밖에 없어서 많이 울었다. 하지만 쿵쿵따와 장군이는 누구도 원망하지 않는 것 같았다. 마치 "난 괜찮아요. 언젠가는 나를 사랑해 주고 내가 사랑하는 가족이 반드시 생길 거예요"라고 말하는 듯했다. 쿵쿵따는 동그란 큰 눈을 맞추며 느린 걸음이지만 좁은 케이지 안에서 빙글빙글 돌았다.

아픈 동물들을 위로하는 개

하루 종일 바쁜 동물병원에는 간혹 밤늦은 시간이나 새벽에도 응급 환자가 찾아오곤 한다. 목줄을 하지 않고 산책하다 교통사고를 당해 다친 개도 오고, 이웃집 개에게 물리는 사고로 심한 상처를 입은 강아지도 온다. 각종 질병에 걸려 오는 동물도 많다. 짧게는 하루 이틀 병원에 머물거나, 수술을 하고 회복을 위해 머문다. 긴 치료를 위해 입원한 동물들은 일주일 이상 병원에 머물기도 한다. 그러다 보니 쿵쿵따가 있는 입원실에는 언제나 아픈 동물이 가득했다.

그런 공간에서 쿵쿵따는 항상 얼굴을 케이지 철창 사이로 들이밀고 옆 케이지에 있는 입원한 동물들의 몸 구석구석을 정성스럽게 핥았다. 직원들은 그런 아이를 처음 보아서 깜짝 놀랐다. 자기도 수술을 마치고 왔으면서…. 그럴 때면 직원들은 아픈 동물들의 병이 쿵쿵따에게 옮길까 봐 옆 강아지를 다른 곳으로 옮기기도 했다. 직원들은 쿵쿵따를 보며 이야기하곤 했다.

"쿵쿵따, 이 아이는 핥으면 안 돼, 너도 많이 아플 수 있단 말이야, 조심해야지."

쿵쿵따를 안쓰러운 눈길로 바라보다가 쿵쿵따가 닿지 않게 옆 케이지의 아이를 옮겼다. 그러면 쿵쿵따는 다른 쪽에 있는 케이지 속 동물의 얼굴을 핥아 주었다. 힘없이 누워 있던 어린 강아지는 쿵쿵따가 얼굴을 핥자 쿵쿵따 쪽으로 더 가까이 다가갔다. 엄마가 아픈 곳을 어루만져 주는 것 같았을까? 마음이 한결 편해 보였다.

"아휴, 쿵쿵따~ 자꾸 아픈 아이들 핥고 그러면 안 돼. 그렇지. 여기 이렇게 있어. 이 아이들 옆에 가지 말고, 알았지?"

직원들은 쿵쿵따의 건강이 염려되어서 의료진에게 걱정을 털어놓기도 했다.

"이번에 들어온 유기견 아이가 많이 아파서 설사를 하는데 쿵쿵따가 자꾸 핥아서 큰일이에요. 쿵쿵따와 거리를 두고 눕히긴 했는데 쿵쿵따한테 옮길까 봐 신경 쓰이네요."

늘 주의를 주는데도 아픈 친구들 곁을 떠나지 않으니 걱정일 수밖에 없었다.

"그런데, 참 신기하지 않아요?"

"뭐가요?"

"언제나 입원 동물에게 애정을 갖고 핥아 주는 데도 쿵쿵따한테 병이 단 한 번도 옮긴 적이 없는 거 같아서요."

"정말 그러네요, 쿵쿵따가 아이들 수호천사 같아요."

신기하기도 하고 안쓰럽기도 했다. 직원들은 이구동성으로 쿵쿵따가 좋은 품성을 타고나서 그런 것 같다고 말했다. 아픈 친구들의 곁을 지켜 주고 위로해 주는 쿵쿵따는 동물들의 수호천사였다.

깨어나지 못한 장군이

병원에서 입양을 기다리며 보낸 시간이 어느덧 5년이 넘어가고 있었다. 수술 실습견으로 지낸 지도 3년째였다. 장군이는 이날도 수술을 위해 수술실에 들어갔다. 길었던 수술이 끝난 장군이를 작은 케이지 안에 뉘이고 마취가 깨기를 기다렸다.

그런데 이날은 장군이가 좀처럼 깨어나지 못했다. 장군이가 걱정된 미용사는 바쁜 일을 서둘러 정리한 후 장군이를 찾았다. 직원들도 걱정이 많았다. 여느 때처럼 쿵쿵따는 바로 옆 케이지에 힘없이 누워 있는 장군이의 얼굴을 계속 핥고 있었다.

"장군아! 이번 수술이 좀 힘들었어? 쿵쿵따가 기다리고 있네, 어서 일어나자."

모두의 바람에도 불구하고 장군이는 깨어나지 못했다. 믿기 힘들었다.

조금 더 일찍 가족을 찾아줬어야 했다. 이렇게 긴 시간 동안 수술 실습을 받으며 살다가 가족도 만나지 못하고 떠나보내게 될 줄 몰랐다. 차라리 어릴 때 보호소로 보내서 안락사로 떠나는 게 낫지 않았을까? 모두 죄책감에 괴로워했다.

"장군아, 사람들이 이제 아프지 않아도 되는 좋은 곳으로 갔다고 생각하래. 더 이상 실습을 위해 수술을 받지 않아도 되니 어쩌면 다행일까?"

이 비극의 시작은 어디일까? 새끼 장군이를 버린 사람? 병원으로 데리고 들어온 것? 잡종 개를 입양하지 않는 사람들? 장군이를 수술실로 보낸 일? 태어나자마자 버려져 평생 동안 병원을 벗어나지 못하고 수술대에 오르다가 죽은 장군이. 장군이는 그렇게 떠났다. 아이를 버린 사람은 그 순간 짧은 죄책감을 느꼈겠지만 수년 동안 장군이를 돌본 병원 직원들은 잊을 수 없는 죄책

감과 깊은 아픔을 각자의 마음에 담았다.

쿵쿵따가 장군이처럼 되지 않도록

장군이가 떠난 후 병원 식구들은 고민이 깊어졌다. 보호소에 보내지 않기 위해 선택한 방법이 아이들을 더 힘들게 한 것은 아니었을까? 장군이와 같이 많은 수술을 받은 쿵쿵따는 괜찮을까? 쿵쿵따를 입양 보낼 수 있을지 불안해지기 시작했다. 입양 보낼 때까지 시간을 벌기 위해서 수술 실습을 시작했던 건데 장군이처럼 쿵쿵따도 떠날까 봐 두려웠다. 쿵쿵따는 입양을 보낼 수 있을까? 그렇다고 포기할 수는 없었다. 직원들은 장군이와의 이별이 아프고 미안하지만, 이제 다시 쿵쿵따의 입양을 위해 적극적으로 노력하자고 다짐했다.

미용사는 쿵쿵따의 입양 공고 글을 다시 올렸다. 쿵쿵따마저 병원을 벗어나지 못하고 장군이처럼 수술대 위해서 죽게 할 수는 없었다. 이 상황이 되풀이 되면 안 됐다. 반려동물을 키우거나 입양, 임시보호를 했던 경험이 있는 주변 지인들에게 쿵쿵따의 입양처를 알아볼 수 있는지 문의했다. 병원에 온 손님들에게도 쿵쿵따의 입양처를 알아보고 있다고 좀 더 자주 이야기했다. 물론 그렇다고 갑자기 쿵쿵따의 가족을 찾을 수 있는 것은 아니었다.

직원들은 쿵쿵따가 수술을 받으면서도 건강하게 지낼 수 있게 관심과 정성을 다했다. 잘 먹였고, 관심을 갖고 살폈고, 바쁘게 돌아가는 병원 업무 중에도 산책을 시켰다. 쿵쿵따는 산책을 나갈 때면 처음에는 두리번거리며 불안해하면서도 신기한 듯 햇빛을 바라보며 코를 킁킁댔다. 바깥 공기를 느끼는 것 같았다. 산책을 즐기는 쿵쿵따를 보며 꼭 입양을 보내야겠다고 결심했다.

빙글빙글 도는 개

병원을 방문하는 손님들이 반기지 않다 보니 쿵쿵따는 케이지에서 하루의 대부분을 보냈다. 병원은 하루 종일 눈코 뜰 새 없이 바빠서 직원들은 시간적 여유가 많지 않았다. 병원 안쪽 작은 방과 좁은 케이지 안에서만 머물러야 하는 쿵쿵따는 문밖의 소리나 인기척에 귀를 쫑긋 세웠다. 혹시라도 누군가 들어와서 아는 척이라도 해 주지 않을까, 오늘은 로비에 잠깐이라도 나가서 사람들과 동물 친구들을 볼 수 있지 않을까 하는 기나긴 기다림의 연속이었다.

그래서인지 쿵쿵따는 사람들을 볼 수 있는 기회가 있거나 밥이나 물을 챙겨 주기 위해서 쿵쿵따가 있는 방으로 들어오는 병원 선생님들을 보기만 해도 온몸으로 반가움을 표현했다. 매일 똑같이 보는 선생님들인데도 몇 달 만에 만난 것처럼, 오늘이 마지막인 것처럼 빙글빙글 돌면서 꼬리가 보이지 않을 정도로 흔들었다. 그 좁은 케이지 안에서 표현할 수 있는 반가운 감정을 온몸으로 드러냈다.

쿵쿵따는 사람들과 눈만 마주쳐도 자기가 할 수 있는 최대한의 힘을 내어 제자리에서 빙글빙글 돌았다. 맛있는 사료와 신선한 물만 가져다 줘도 빙글빙글, 유기견 친구가 새 가족을 만나는 날엔 고기 캔을 먹을 수 있어서 빙글빙글, 자신들을 입양할지도 모르는 사람이 오면 기뻐서 또 빙글빙글. 그렇게 언젠가 좋은 가족을 찾게 되길 바라면서 제자리를 빙글빙글 돌며 열심히 달리기를 했다.

"어지럽지 않니? 그만 좀 돌자. 그렇게 좋아?"

밥과 물을 챙겨 주는 직원들은 안타깝고 걱정스러운 마음이 들어 쿵쿵따의 얼굴과 몸을 부드럽게 쓰다듬었다. 품종견도 아닌 잡종 개를 입양 보내기 위해 블로그에 공고 글을 올리겠다고 처음 생각한 사람은 미용사였다. 미용사는 인터넷을 통해 버려진 아이들을 입양 보내거나 임시보호를 맡긴 경험이 있었다.

쿵쿵따 입양에 대한 강한 의지를 보이자 병원에서는 조금 난감해했다. 지난 5년 동안 노력했지만 입양이 되지 않아서 거의 포기한 상태였는데 이제 와서 다시 입양 시도라니. 입양이 좌절되거나 혹시 입양을 갔다가 파양되면 병원도 쿵쿵따도 더 힘들 테니까. 모두의 기대가 좌절되면 쿵쿵따뿐 아니라 직원들에게도 상처로 남을 것이었다. 하지만 원장은 쿵쿵따가 가족을 찾을 수만 있다면 블로그에 입양 공고 글을 올려도 좋다고 흔쾌히 동의해 주었다.

병원에서 8년을 산
생소한 이력

하지만 쿵쿵따의 입양은 쉽지 않았다. 입양 공고를 올린 지 3년이 지났지만 입양 희망자는 나타나지 않았다. 내가 8살이 된 쿵쿵따의 입양 공고 글을 본 것이 이때였다. 이맘때쯤 동물 문제에 관심을 갖고 조금씩 관련 후원을 하고 있었고, 마침 쿵쿵따 입양 공고 글을 보게 된 것이다. 블로그에는 여러 동물의 이야기, 병원 이야기가 많았지만 나는 쿵쿵따에게 점점 더 관심이 생기고 있었다.

처음 올라온 '달리고 싶은 아이 쿵쿵따'라는 제목의 입양 공고 글은 짧았다. 이름 외에는 크게 기억에 남거나 눈에 띄는 것이 없었다. '언제 병원에 왔을지 모를 정도'로 병원에서 오래 살았고, 쿵쿵따가 입양되는 곳이 '넓은 마당이 있는 집'이면 좋겠다는 바람이 적혀 있었고, 발바리라서 그동안 입양이 힘들었다는 내용 정도였다. 해맑은 눈을 가진 쿵쿵따의 사진 아래 다음과 같은 짤막한 소개가 전부였다.

이름 : 쿵쿵따

성별 : 남아(중성화 완료)

나이 : 여덟 살

종류 : 발바리

건상 상태 양호함

잘 짖지 않고 밝고 해맑은 성격

첫 번째 입양 공고 글이 올라오고 3개월쯤 지나서 '나는 발바리예요'라는 제목으로 다시 입양 공고 글이 올라왔다. 이번에는 긴 글이었다. 그동안 입양 문의가 전혀 없었던 듯 보였다. 다음 날도 또 그다음 날도 쿵쿵따의 사진을 확인하며 혹시나 문의가 있는지 댓글을 확인하며 며칠을 보냈다. 나는 입양 공고 글 중에 '마당'이라는 단어에 부모님이 생각났다. 현실적으로 내가 키우기는 어려웠지만 마당이 있는 부모님 집이라면 어떨까 생각했다. 넓은 마당이 있는 집이면 쿵쿵따에게 적합하지 않을까? 부모님께 말해 볼까? 이때까지는 꽤 단순하게 생각했다.

부모님 집에는 7살 몰티즈 바비와 11살 진돗개 홍비가 살고 있고, 두 분 모두 동네 개, 고양이를 보살피고 계셨다. 쿵쿵따 얘기를 한 번 해보자고 생각했다. 조심스럽게 이야기를 꺼냈다.

"엄마! 우리 쫑이랑 똑같이 생긴 아이가 입양 가족을 기다리고 있어."

"어머 쫑이랑 똑같아? 근데 왜 집이 없어?"

"그게, 누가 병원에 버리고 갔다나 봐."

"세상에 가엾어라. 어린 걸 버리고 갔다고?"

엄마는 아주 작은 새끼가 병원에 버려져 새로운 가족을 찾고 있다고 생각하고 계셨다. 쿵쿵따는 8년 전에 버려졌고, 그 이후 쭉 병원에서 살고 있다고 말했다.

"병원에서 8년을 살고 있다고? 어디 아픈 거야?"

"아니, 아파서 8년 동안 병원에서 지낸 게 아니고 우리 쫑이처럼 발바리여서 입양을 하겠다는 사람들이 그동안 없었대."

쫑이와 똑같이 생긴 개가 병원에서 8년이나 살고 있다는 이야기에 엄마는 관심을 보였다. 옆에서 가만히 듣고만 계시던 아빠는 실내에서 사는 바비가 다른 개를 싫어해서 스트레스를 받을 수 있다며 반대했다.

"그 아이는 작은 케이지에서 너무 오래 살아서 실내보다 넓은 마당이 있는 곳에서 자유롭게 살 수 있는 곳을 찾고 있대."

"마당이라면 우리 집이 딱이겠네, 근데 병원에서 오래 살던 아이면 그래도 실내에서 지냈을 텐데 마당에서 지낼 수 있을까 걱정이네."

여러 번의 상의 끝에 부모님은 쿵쿵따가 마당에서 살아도 괜찮다면 좋다고 했다. 마음 따뜻한 엄마 아빠의 결정다웠다. 안심이 되었고 고맙고 존경스러웠다. 하지만 입양 공고 글에 쓰인 것이 아이가 마당개로 살아도 괜찮다는 것은 아니었기에 병원에 확인이 필요했다.

수술 실습견이 뭔가요,
실험동물인가?

쿵쿵따를 입양해도 된다는 부모님의 동의를 받고 나니 다른 걱정이 밀려왔다. 마당에서 키운다고 해도 입양이 가능할까? 시골 마당에서 사는 개들에 대한 인식이 좋지 않아서 걱정이 밀려왔다. 입양 공고 글을 올리면서 당연히 실내견을 생각했을 것이다. 마당에서 키운다고 하면 거부 당하지 않을까, 외부 환경에서 한 번도 지낸 적이 없는 쿵쿵따가 밖에서 잘 지낼 수 있을까 걱정이었다.

쿵쿵따를 돌보고 있고 입양 공고 글을 올린 미용사에게 의견을 물어보기로 했다. 미안하고 떨리는 마음으로 댓글로 문의를 했다. 바로 연락이 왔다. 그런데 입양 공고 글에 올리지 못한 이야기가 있어서 이야기를 나눠야 할 것 같다고 했다. 무슨 일이지? 당황스러웠다. 전화를 통해 쿵쿵따에 대한 자세한 이야기를 들을 수 있었다. 생소하고 믿기 힘든 이야기가 전화기를 통해 전해졌다.

쿵쿵따는 병원에서 여러 차례 수술을 받은 수술 실습견이라고 했다. 수술 실습견? 차근차근 설명을 해 주시는데도 무슨 말인지 이해하기가 어려웠다. 병원은 아픈 동물을 치료하는 곳이라고 알고 있었는데, 멀쩡한 아이를 수술 실습에 사용하다니. 동물 문제에 꽤 관심을 가지고 있다고 생각했는데 이건 상상도 해본 적 없는 일이었다. 조용히 이야기를 듣고만 있는 내가 걱정스러웠는지 매우 조심스럽게 이야기를 이어갔다.

사람 병원의 의사가 임상 수련 과정인 인턴과 레지던트를 거쳐 경험 많은 의사가 되는 것처럼 수의사 선생님도 그러한 수련 과정을 거치는 것이라고 생각하면 된다고 했다. 실습 과정에 실습 동물이 필요했던 거라고. 그리고 쿵쿵따는 처음부터 수술 실습견으로 병원에 있었던 것은 아니라고. 민감한 부분이라서 입양 공고 글에는 쓰지 못했다는 말을 전했다.

이 내용을 입양 공고 글에 쓰지 못했던 것을 미안해했다. 가족과 이 부분에 대해서 의논하고 신중하게 결정해 주었으면 좋겠다고 했다. 그런데 부모님께 말씀드리기 전에 내가 먼저 더 알아보고 결정할 부분이라는 생각이 들었다.

쿵쿵따가 수술 실습견이었다는 말을 듣고 영화나 뉴스에서 보던 장면들이 스쳤다. 동물의 눈에 약을 넣고, 피부에 약을 바르는 장면과 가운을 입은 사람들이 흰쥐한테 주삿바늘을 꽂는 그런 장면들. 수술 실습견이라는 말을 듣고도 나는 당연하게 실험동물을 떠올리고 있었다. 아마도 실험동물이나 실험견이라는 단어가 익숙하고, 실습견이라는 말은 생소했기 때문이었을 것이다. 영화나 매체에서 다루던 내용이나 장면이 떠올랐다. '동물실험 반대', '동물실험을 하지 않습니다' 같은 화장품 브랜드에서 하는 캠페인도 떠올랐다.

실습견이라는 용어가 생소했고, 정확히 어떤 실습을 하는지 정보가 없었기 때문에 인터넷 검색을 하며 정보를 탐색하기 시작했다. 처음에는 정보를 찾기가 무척 어려웠다. 실습 동물보다는 실험동물에 대한 정보가 많았기 때문에 실험동물과 많이 혼동되었지만 실습견은 실험동물이 아니었다. 정보를 모으면서 실습견을 실험견으로 이해한 나의 오해는 오래지 않아 풀렸다. 그런데 실험견이나 실습견이나 그 삶이 비참하기는 마찬가지였다.

정보는 기사나 온라인 카페를 통해 얻을 수 있었다. 동물병원뿐 아니라 수의대에서도 살아 있는 동물로 실습을 하고 있다는 것도 알게 되었다. 정보를 찾아보면 찾아볼수록 의문이 들었다. 동물병원이나 수의과대학에서 '임상실습'이라는 단어를 쓰던데 실습은 죽은 동물에게 하는 걸까? 살아 있는 동물에게 하는 걸까?.

이 많은 실습 동물들은 어디서 오는 거지? 실습 동물은 어떻게 관리되고 있는 거지? 실습 동물이 된다면 생애 몇 번이나 실습 대상이 되는 거지? 수술받다가 죽을 수도 있지 않을까? 실습 동물이 죽으면 어떻게 처리할까?

꼬리에 꼬리를 무는 수많은 의문과 질문이 머릿속을 떠나지 않았다.

생각을 하면 할수록 이해되지 않는 부분이 많았다. 수술 실습견이면 수술 경험을 쌓는 것일 텐데 능숙한 수의사가 실제 수술을 하는 것을 현장에서 보고 배우면 되는 것 아닌가? 단지 실습을 위해서 아프지 않은 동물을 수술대에 올린다는 게 합당한가?

검색하면서 멀쩡한 동물로 실습을 하는 것뿐 아니라 학교에서 강제 교배 및 분만을 통해서 동물을 계속 생산해 내고 있다는 것도 알게 되었다. 게다가 실습견이 머무는 곳의 상태와 환경은 끔찍했다. 위생적이지 않은 환경에서 고통스러운 실습이나 실험을 반복적으로 당했던 동물들이 구조된 사건을 찾아볼 수 있었다. 그 아이들의 사진 속 상태를 보고 마음이 무너져 내렸다. 실습견들은 이런 실습을 당하다 목숨을 잃어서야 학교나 병원에서 나올 수 있었다. 하지만 한 마리가 죽는다고 끝이 아니었다. 개 농장에서 한 마리에 몇 만 원씩 주고 손쉽게 사왔다.

그나마 다행인 것은 사회적으로 동물 문제에 관한 관심이 커지면서 실습 동물에 대한 논의가 시작되고 있다는 점이었다.

이번 입양이 무산되면 쿵쿵따는 언제까지 수술 실습견으로 살아야 할까?

수술 실습견에 대해서 어렴풋이 알게 된 후 다시 쿵쿵따를 생각했다. 쿵쿵따는 그 긴 시간 동안 어떻게 견뎠을까? 어떤 성정을 갖고 있길래 그런 끔찍한 상황 속에서도 사람을 좋아할 수 있었을까? 만약 이번 입양마저 무산되면 그 아이는 언제까지 수술 실습견으로 살아가야 할까? 외면할 수 없는 이 상황에 마음이 너무 복잡했다.

쿵쿵따의 상황에 대해 부모님께 어떻게 말씀드려야 할지 난감했다. 수술을 많이 했으니 몸이 성하지 않을 거라는 생각에 걱정이 앞섰다. 게다가 8살인 쿵쿵따가 수술 후유증으로 얼마 살지 못하게 된다면 나도 그렇지만 부모님이 아이를 떠나보내고 힘드실 것 같았다. 반려동물과 함께 살다가 이별하는 일이 얼마나 힘든지 앞서 아이들을 떠나보내면서 우리 가족은 너무 잘 알고 있었다.

8년이나 수술 실습견이었으면 도대체 얼마나 많은 수술을 받은 것일까? 겉으로 보이지 않는 내부 장기 중에 온전한 것은 있을까? 부모님은 입양을 이미 긍정적으로 생각하고 계신데 이런 상황을 알리는 것이 너무 어려웠다.

나이가 들어갈수록 후유증이 나타나면 어쩌나?

병원 치료를 꾸준히 받아야 한다면 우리가 병원비를 감당할 수 있을까?

그런 고통과 경험을 한 아이를 오래도록 곁에 두고 바라보고 품을 수 있을까?

우리 집에 와서도 후유증으로 고생하는 것은 아닐까?

그런 모습을 우리 가족이 지켜볼 수 있을까?

쿵쿵따가 어떤 수술을 받았는지 자세히 알아야 했다. 하지만 입양을 주선한 미용사도 쿵쿵따가 병원에 버려졌을 때부터 있었던 것이 아니어서 어떤 수술을 받았는지 자세히 알 수 없다고 했다. 다만 중성화수술 외에 성대제거수술을 받았고, 비장이 없으며 요로 관련 수술을 받았다는 것 정도만 알고 있었다. 하긴 직접 수술한 의사가 아니면 직원이 그걸 일일이 다 알 수는 없을 것 같았다. 쿵쿵따가 수술받은 대략적인 이야기를 듣고 이미 지나간 일이니 자세한 것을 아는 것은 의미가 없다고 생각했다. 그래서 더는 물어보지 않았다.

이제 부모님의 반응이 걱정이었다. 부모님께 쿵쿵따의 상황에 대해 솔직하게 이야기해야 한다고 생각했다. 그래서 긍정적인 부분보다는 앞으로 일어날 수 있을 상황과 우리가 책임져야 할 부분에 대해서 이야기했다.

"병원에 그렇게 오래 있었다면 수술을 많이 받은 거 아니니?"

"아마도 그렇겠지, 그런데 정확히는 입양을 주선해 주신 선생님도 잘 모르시더라고."

"아빠가 내부 장기 중 하나라도 건강상의 문제가 있는 것은 아닌지 걱정하시네."

"지금은 아주 건강하다고 했어. 입양이 결정되면 병원에서 건강검진도 해 준다고 했고."

"앞으로가 문제지, 여기는 시골이라 서울처럼 동물병원에 바로바로 갈 수가 없어서…."

부모님은 무엇보다 많은 수술로 아이가 많이 아프지 않은지 걱정했고, 나는 입양 후에 잦은 병원 치료로 큰 비용이 들어가는 것이 아닌지 걱정이 됐다. 게다가 동네에 마땅한 동물병원도 드물었다. 집이 시골이기도 하고, 시내에 있는 동물병원은 주로 소나 돼지 등을 다루는 동물병원이어서 현재 집의 아이들도 아프면 서울에 있는 동물병원에 다니고 있었다. 그러니 병치레가 잦다면 병원에 가기 위해 두세 시간씩 운전해서 서울로 나와야 하는 상황이었다.

"벌써 8살이라고? 나이가 많네."

"내가 보니까 생각보다 동안이야. 나이 든 티도 안 나."

"그런데 너무 긴 시간 수술을 받아 와서 오래 못 사는 건 아닐까 그게 걱정이다."

"지금까지 크게 아픈 적은 없었대. 병원에 있으면서 잘 케어 받고 있었던 것 같아."

부모님과 상의하기 위해 전화 통화를 하던 나는, 어느새 부모님의 걱정어린 의견과 질문에 쿵쿵따가 얼마나 사랑스러운 아이인지를 어필하고 있었다.

3장

다른 개들과 똑같이 살게 해 주자

마지막은 넓은 마당에서 자유롭게 살게 하자

쿵쿵따 나이 8살. 노화가 시작되는 시기다. 수술 실습견이라는 것을 받아들이기 쉽지 않은 부모님께 나이 많은 아이 입양을 권하는 것 또한 고민이 많았다. 반려동물과 살다가 아이를 먼저 떠나보내는 것이 얼마나 힘든 일인지 우리 가족 모두 잘 알고 있었기 때문이다. 또한 과거에 어떤 수술을 받았을지 모르니 아플 때 우리가 잘 돌보지 못하면 어쩌나 하는 고민도 들었다. 쿵쿵따를 데려오는 것이 쿵쿵따에게 좋은 일이어야 하는데 자신이 없었다.

그동안 우리 집 반려견들은 새끼 때부터 같이 살아서 아이들과 정을 붙여 신뢰를 쌓는 데 큰 어려움이 없었고, 무엇보다 과거를 다 알기 때문에 문제가 생겼을 때 원인도 쉽게 예측할 수 있었다. 쿵쿵따처럼 모르는 과거가 있고, 나이가 많은 아이를 입양하는 것은 처음이었다. 과연 쿵쿵따가 우리 가족의 일원으로 잘 지낼 수 있을까? 입양을 앞두고 많은 고민과 걱정이 이어졌다. 이런 고민은 당연한 일이다. 한 생명을 가족으로 들이는 일에는 많은 고민의 시간이 필요하다.

몰티즈 품종인 7살 바비는 어릴 때부터 함께 살았는데 교류가 없어서인지 다른 동물들과 어울리는 것을 싫어했다. 집 안에서 혼자 공주님처럼 지냈고, 개와 고양이라면 질색했다. 아마도 바비는 자기가 사람이라고 여기는 것이 아닐까 가족들과 이야기하곤 했다.

마당에 자신만의 단독주택을 가지고 있는 11살 홍비는 진돗개다. 아빠가 친구가 키우는 진돗개가 낳은 새끼를 데리고 왔다. 새끼 중에서 가장 약하게 태어난 아이였다. 아빠는 이 아이를 살려보자는 마음으로 데려왔다고 했다. 아빠의 지극정성 덕분인지 홍비는 다행히 건강하게 자랐다. 그런데 성격이 꽤 까탈스럽고 깔끔한 편이다. 자기 집에 넣어준 방석에서 익숙지 않은 냄새가 나면 눈이 펑펑 오는 날에도 집에 발도 들이지 않고 집 밖에서 밤새 눈을 다 맞으며 잔다.

"바비가 다른 개 싫어하는 거 알지? 그 아이가 우리 집 오면 바비랑 같이 실내에서는 못 지낼 거야. 홍비랑 같이 마당에서 지내야 하는데 그 병원에서 괜찮다고 할까?"

"마당이 있는 집을 원한 거니까 괜찮을 것 같아. 어차피 홍비도 마당에서 아빠가 지어 준 온돌 집에서 잘 지내잖아."

"그렇기는 하지. 그런데 여기가 겨울에는 꽤 추운데 몸 약한 아이가 마당에서 잘 지낼 수 있을까?"

부모님은 쿵쿵따가 수술 실습견으로 있었다는 이야기를 듣고는 자연스럽게 허약하고 건강하지 않은 아이라고 생각하고 있었다. 작고 약한 아이가 추운 겨울 마당 생활에 적응할 수 있을지도 걱정하면서 상의할 시간이 필요하다고 했다. 부모님의 결정을 기다리면서 나도 생각이 많아졌다. 부모님이 쿵쿵따 입양이 어렵다고 하면 어떻게 하지? 초조했다.

아빠는 조심스럽게 의견을 냈다. 마당에 사는 홍비가 온돌이 깔려 있는 집에서 잘 지내고 있고, 심지어 더워할 정도니 쿵쿵따도 괜찮지 않을까 싶다고 했다. 쿵쿵따가 있는 병원에서만 마당에서 키워도 괜찮다고 하면 우리 집에서 함께 살아보자고 했다.

"병원 생활을 8년이나 했는데 언제 가더라도 마지막은 넓은 마당에서 자유롭게 돌아다니며 살다가 가는 게 좋지 않겠니."

아빠의 마지막 말에 뭉클했다. 쿵쿵따가 지금 어떤 상태인지 더 고민하지 않고 데려오는 데 가족 모두 동의했다. 부모님의 결정을 들으면서 쿵쿵따를 입양하는 데 이것저것 걱정을 키운 사람은 나뿐임을 알게 됐다. 넓은 마음으로 쿵쿵따를 받아들여 준 부모님 덕분에 드디어 입양이 결정됐다.

마당이 있는 집으로

이제 가족의 고민은 쿵쿵따의 건강 문제가 아니라 실내가 아닌 마당에서 키워도 되는지 병원에 문의하는 것이었다. 조심스럽게 입양을 진행해 준 미용사에게 문의를 했다.

미용사는 그동안 내가 블로그에 올렸던 우리 집 이야기를 찾아봤다고 했다. 키우는 홍비와 바비뿐 아니라 부모님이 돌보는 동네 길고양이들에 대한 이야기도 모두 봤다고 했다. 홍비가 마당에 살지만 홍비 집 바닥에 열선이 깔려 있고, 천장에도 전구가 달려 있어 온기를 더해 주어서 겨울 추위도 걱정할 필요가 없겠다고 했다. 무엇보다도 집을 펜스로 둘러쳐 놓아서 홍비가 목줄을 하지 않고 자유롭게 마당을 다니는 모습이 좋아 보인 모양이었다. 실제로 홍비는 마당 여기저기를 자유롭게 돌아다니고 아빠는 하루에도 몇 번씩 홍비와 함께 동네 산책을 했다. 미용사는 홍비를 보면서 오랫동안 작은 케이지에서만 지낸 쿵쿵따에게 꼭 필요한 환경이라고 고마워했다.

다행이었다. 시골 마당에서 키운다고 하면 탐탁지 않게 생각할까 봐 걱정이었다. 마당에서 짧은 줄에 묶여 사는 보통의 시골 개를 생각해서 무조건 실내가 아니면 안 된다고 할 수도 있으니까. 그런데 미용사는 많은 시간을 케이지에서 살았던 쿵쿵따가 마당에서 마음껏 뛰어놀 수 있어서 더 좋다고 했다. 중요한 결정은 다 내려졌다. 이제 쿵쿵따가 뛰놀 수 있는 집으로 데려오는 일만 남았다.

쿵쿵따와의 첫 만남

입양이 결정되자 정식 입양 절차가 순조롭게 진행되었다. 미용사가 병원에 쿵쿵따의 입양 소식을 알렸다. 병원 직원들은 모두 매우 기뻐했다. 원장은 입양 전에 건강검진을 직접 해 주기로 했고, 특히 마당이 있는 환경으로 가는 것을 매우 기뻐했다.

아빠가 출장 일정으로 입양 날짜가 조금 미뤄져서 그 전에 나

혼자 쿵쿵따를 보러 가기로 했다. 입양 날 갑자기 낯선 사람이 한꺼번에 나타나면 긴장하고 놀랄 것 같았다. 무엇보다 사진으로만 보던 쿵쿵따를 직접 보고 싶기도 했다.

우리 집은 반려동물이 집에 온 날을 생일로 정하기 때문에 쿵쿵따도 3월이 생일 달이 되었다. 그래서 처음 나와 만나는 쿵쿵따의 입양 겸 첫 생일을 축하하기 위해 병원에 커다란 떡 케이크를 사갔다.

병원 로비는 진료 대기 중인 동물 환자와 보호자로 북적였다. 병원 안으로 들어서자 미용사 선생님이 반갑게 맞아 주셨다. 그리고 잠시 후 빨간색 옷을 예쁘게 입은 쿵쿵따를 품에 안고 나오셨다. 방금 전 건강검진을 해서 쿵쿵따가 기분이 별로라고 설명하는데 쿵쿵따는 나를 보자 꼬리를 치며 뽀뽀까지 퍼부었다. 피를 뽑고 여러 검사를 해서 무섭고 힘들었을 텐데 나를 반기는 쿵쿵따의 모습에 병원 직원들이 깜짝 놀랐다. 병원 생활을 오래한 쿵쿵따는 손님들 사이를 돌아다니는 것을 좋아했지만 직접 다가가 핥거나 스킨십을 한 적은 없었다고 했다. 쿵쿵따가 입양을 간다고 하니 그동안 이 병원을 오래 다녀서 쿵쿵따를 아는 보호자들도 가족은 따로 있나 보다며 진심으로 축하하고 기뻐했다.

사진으로 봤을 때는 작아서 마당에서 지낼 수 있을지 걱정이었는데 쿵쿵따를 직접 보니 걱정이 사라졌다. 전혀 약해 보이거나 아파 보이지 않았다. 마당에서 충분히 지낼 수 있을 것 같아 안심이 되었다. 진료를 마치고 나온 원장도 쿵쿵따가 좋은 가족을 만난 것 같아 기쁘고 고맙다고 했다. 검진 결과가 다 나오지는 않았지만 큰 질병 없이 건강하다고 했다.

쿵쿵따와 둘이 있고 싶어서 목줄을 하고 병원 밖으로 나갔다. 빨간 스웨터를 입은 쿵쿵따는 걸으면서 바람 냄새, 흙 냄새를 맡았다. 보고 싶은 게 많은지 걸음을 멈추고 머리를 들어 허공을 바라보다가 이내 종종걸음으로 발랄하게 걸었다. 앞서 걸으면서도 쿵쿵따는 뒤를 돌아보며 내가 따라오는지 확인했다. 영역 표

시를 하거나 조금 앞서 걷다가도 고개를 돌려 계속 나를 확인하면서 걸었다. 병원 주변이 대로변이라 차와 사람이 많아 멀리 가지는 못해 아쉬운 산책이었지만 나도 쿵쿵따도 행복했다.

쿵쿵따를 안고 찍은 사진을 부모님께 보냈다. 부모님은 몇 년 전 하늘나라로 간 우리 집 반려견 쫑이와 너무 똑같이 생겼다며 놀라워하셨다. 아빠는 쿵쿵따가 흰 바탕에 검은 무늬가 있는 것을 보고 털옷을 참 멋지게 입었다고 좋아했다. 가족과 쿵쿵따의 만남은 성공적이었다.

쿵쿵따를 만나고 3일 후 쿵쿵따의 입양자를 찾던 블로그에는 '쿵쿵따 입양을 위한 준비'라는 제목으로 건강검진 결과가 올라왔다. 기본 건강검진과 심장사상충 검사, 감염증 검사까지 모든 검사 결과가 완벽하게 건강하다고 나왔다는 내용이었다.

다른 개들과 똑같이 살게 해 주자

그날부터 쿵쿵따는 병원에 한 달 더 있었다. 다른 아이들이 입양 가는 것을 늘 지켜보기만 하던 쿵쿵따가 평생 함께할 가족을 찾게 되자 병원 직원 모두 쿵쿵따의 행복을 바랐다. 쿵쿵따가 좋은 가족을 만나기를 바라는 사람들의 간절한 마음이 곳곳에 있었다.

입양이 결정되고 가장 걱정이 된 건 마당에서 지내야 한다는 것이었다. 경기도 북부라서 겨울에 꽤 추웠기 때문이다. 병원 실내에서 지내다가 우리 집으로 와서 버려졌다고 생각하는 것은 아닐까도 걱정이 되었다. 병원에서 지내던 때보다 더 행복하다고 느낄 수 있어야 하는데 가능할까? 쿵쿵따를 집에 데려오기 전 한 달여 동안 가족들과 쿵쿵따에 관한 이야기를 많이 나눴다.

쿵쿵따를 맞을 준비를 하면서 함께 지낼 홍비 바로 옆에 쿵쿵따의 집을 따로 지었다. 아빠가 최선을 다해 따뜻하고 아늑하게 만들었지만 외관만 보면 그다지 근사하지는 않았다. 내 고민을 알았는지 어느 날 엄마가 말했다. 남들처럼 비싸고 근사한 집에서 살게 해 줄 수 없고, 끼니마다 비싼 건강식을 챙기는 것은 못하겠지만 우리 집 반려견 바비와 홍비에게 했던 것과 똑같이 살게 해 주자. 그러면 되지 않겠냐고. 때 되면 예방접종하고, 아프면 병원에 데려가고, 마당에서 뛰어놀게 하고, 자주 안아 주고, 함께 놀아 주면 되지 않겠냐고. 진돗개 홍비 11살, 몰티즈 바비 7살, 곧 가족이 될 발바리 쿵쿵따 8살. 모두 중년을 넘긴 나이지만 앞으로 10년 이상 건강하게 오래오래 우리 가족으로 지냈으면 하는 바람이었다.

쿵쿵따,
집에 오다

마침내 쿵쿵따가 집으로 오는 날. 부모님과 함께 동물병원에 도착했다. 미용사가 쿵쿵따를 품에 안고 나와서 엄마에게 안겨 주었는데 쿵쿵따는 거부감 없이 편안히 엄마에게 몸을 맡겼다. 원장님은 쿵쿵따의 건강검진 결과를 알려 주었다. 모든 결과가 건강하게 나와서 걱정하지 않아도 된다고 했다. 우리 가족은 그동안 쿵쿵따를 잘 돌봐주셔서 감사하다고 인사드렸다. 병원 직원들도 모두 나와서 쿵쿵따와 작별 인사를 했다. 가족들과 건강하게 오래오래 행복하라고 이야기하며 눈가가 촉촉해진 병원 직원들도 있었다. 작별 인사를 마치고 쿵쿵따는 엄마의 품에 안겨 차에 올랐다.

쿵쿵따는 차를 타고 이동하는 동안 얌전히 있었다. 혹시 멀미를 할까 봐 만반의 준비를 했는데 집까지 가는 동안 멀미를 하지도 대소변을 싸지도 않았다. 우려와 달리 마치 자동차를 많이 타 본 것처럼 굴었다. 낯설어하지 않고 차 안을 여기저기 다니면서 이것저것 호기심을 보이기도 해서 우리를 놀라게 했다. 어디로 가는지 궁금한 듯 킁킁거리며 냄새를 맡기도 하더니 얼마 지나지 않아 창밖 풍경을 조용히 감상하기 시작했다. 차 경적 소리에

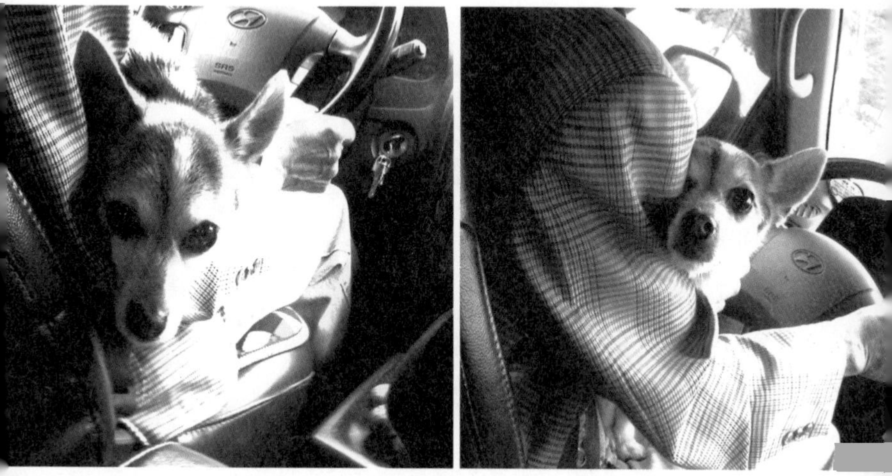

놀라 엄마 품에 뛰어들기도 했다.

큰 눈을 이리저리 굴리던 쿵쿵따가 많이 피곤했는지 누울 곳을 찾는 것 같더니 운전하는 아빠에게로 향했다. 아빠 무릎에 가서 눕더니 팔에 기대 깜빡깜빡 졸기 시작했다. 졸다가 깨서는 창밖을 보거나 뒷좌석에 앉은 엄마와 나를 돌아보며 확인하는 것 같았다. 집에 도착할 때까지 쿵쿵따는 아빠 팔에 기댄 그 모습 그대로 품에 폭 안겨 얌전하게 있었다.

어쩜 이렇게 순하고 얌전할 수 있을까, 가족들은 모두 신기해 했다. 부모님은 쿵쿵따가 차를 잘 타는 것을 보고 장하다며 기특해하셨다. 쿵쿵따도 바비랑 같이 차를 타고 외출할 수 있겠다며 좋아하셨다. 물론 몇 달 지나지 않아 이 상상은 기분 좋게 깨졌다!

병원을 떠난 지 두 시간 만에 무사히 집에 도착했다. 쿵쿵따를 마당에 내려놓자 풀 냄새와 바람 냄새를 맡는 듯 킁킁거렸다. 자유를 만끽하는 것 같았다.

부모님은 쿵쿵따가 낯선 사람들과 오랜 시간 동안 차를 타고 오느라 힘들었을 거라며 쉴 수 있도록 분주히 움직이기 시작했다. 아빠는 미리 마련해 둔 집으로 쿵쿵따를 안내했다. 홍비 집 바로 옆에 똑같은 구조로 새로 만들어진 쿵쿵따의 집. 쿵쿵따 집은 온돌이 깔려 있어서 겨울을 따뜻하게 보낼 수 있고, 입구에는 커튼이 있어서 바람을 막기도 하지만 쿵쿵따가 안에 있을 때 사람들의 시선을 차단하는 역할도 했다. 집 앞에는 쿵쿵따 혼자 충분히 누울 수 있는 작은 나무 데크가 있어서 햇빛을 쬐면서 누워서 쉴 수 있었다. 또한 집 주위로 울타리가 둘러쳐져 있어서 그 안에서는 목줄 없이도 안전하고 자유롭게 다닐 수 있었다. 안전한 전용 마당이라고 할까.

엄마가 밥그릇에 사료를 부어 주자 쿵쿵따는 거부감 없이 다가가 그릇을 싹싹 비웠다. 그리고 물도 벌컥벌컥 마셨다. 낯선 곳에 와서 먹는 걸 거부하면 어쩌나 걱정했는데 이 또한 아무 문제가 없었다.

쿵쿵따는 마당에서 많은 시간을 보냈다. 자유를 만끽하는 것까지는 아니라도 적어도 자유로워 보였다. 이제 남은 일은 쿵쿵따가 자기 집으로 들어가는 것! 가족들은 쿵쿵따가 마지막 미션까지 성공할 수 있을지 숨을 죽이고 지켜봤다. 마침내 쿵쿵따가 집 쪽으로 다가갔다. 집에는 푹신한 이불이 깔려 있는 상태였다. 그런데 집으로 향하던 쿵쿵따가 입구에서 이불 냄새를 맡더니 잠자리가 낯선지 들어가기를 망설였다. 아, 실패인가. 집 앞에서 잠시 고민하던 쿵쿵따는 다시 발을 앞으로 디디며 안으로 들어갔다. 가족들은 소리 없는 환호를 질렀다. 쿵쿵따는 집에 들어가더니 푹신한 이불 위에 누워 바로 잠이 들었다.

집에서의
첫 아침

쿵쿵따는 사람 가족만이 아니라 같은 종인 개 가족도 둘이나 생겼다. 바로 터줏대감 바비와 홍비. 바비는 집 안에서, 홍비는 마당에서 살았다. 부모님은 쿵쿵따도 집 안에서 생활하게 하고 싶었지만 오랫동안 혼자 지낸 바비는 다른 개들과 어울리지 못했다.

쿵쿵따가 집에 온 시기는 3월 말. 초봄이었다. 아빠는 혹시 춥지 않은지 걱정이 되어서 잠도 못 주무시고 밤새 들락거리면서 쿵쿵따가 자는 모습을 확인했다. 다행히 쿵쿵따는 자기 집에서 푹 잤다. 아빠가 입구 커튼을 살짝 들어서 확인해도 인기척을 느끼지 못하고 잘 정도였다. 다행이었다. 밤새 낑낑거리며 울거나 마당에서 서성이면 어쩌나 가족 모두 걱정이 많았다. 쿵쿵따는 마치 늘 이곳에 살았던 것처럼 푹 잤다.

동이 틀 무렵 가족들은 거실 창문에 다닥다닥 붙어서 숨죽이며 마당을 지켜보았다. 쿵쿵따가 집에서 언제 나올지, 낯선 환경에 어떻게 반응할지 궁금했다.

"어! 일어났다 보다."

"나온다, 나온다, 나왔다."

쿵쿵따는 집 앞에 쳐놓은 커튼 사이로 얼굴을 빼꼼 내밀었다. 그러고는 출입문 앞 작은 나무 데크에 한 발을 내디뎠다. 천천히 그리고 매우 조심스럽게 내민 한 걸음이었다. 한발 한발 집 밖으로 나왔다. 이리저리 얼굴을 돌리며 주변을 천천히 살피던 쿵쿵따는 마당으로 천천히 발길을 옮겼다. 너무 느리고 조심스러워서 마치 슬로모션 비디오를 보는 것 같았다.

해를 향해 앉다

집에서 나온 쿵쿵따는 바로 옆 홍비 집 쪽으로 고개를 한껏 빼더니 코를 대고 킁킁거렸다. 그러고는 아침 해가 비치는 쪽으로 앉았다. 해를 향해 고개를 들더니 눈을 감았다. 그렇게 한동안 가만히 있었다. 따스함이 퍼지는 햇살을 느끼며 가만히 눈을 감은 아이.

햇살을 즐기는 것인지 주변 경치를 온몸으로 느끼는 것인지 그건 쿵쿵따만이 알 것이다. 해를 향해 앉은 쿵쿵따의 모습은 많은 이야기를 하고 있었다. 가족이 생긴 새로운 집에서 첫 아침을 보내는 쿵쿵따를 지켜보던 가족들은 모두 울컥했다. 엄마는 눈

시울을 붉혔다.

쿵쿵따를 조용히 지켜보던 아빠가 아침밥을 가지고 나갔다. 북어를 푹 삶은 영양식이었다. 부모님은 쿵쿵따가 마른 이유가 병원에서 사료만 먹어서일 거라고 생각했다. 홍비와 바비에게 정기적으로 삶은 닭과 북어 등 영양식을 먹이는 것처럼 쿵쿵따도 영양식을 잔뜩 먹여서 살이 통통하게 오르는 것을 목표로 삼았다.

아빠가 밥을 가지고 가까이 가자 쿵쿵따는 약간 긴장한 듯했다. 앉은 채로 아빠를 가만히 쳐다보는 쿵쿵따. 아빠는 더 다가

가지 않고 쿵쿵따 앞에 조심스럽게 밥그릇을 밀어 놓았다. 그러자 쿵쿵따가 천천히 움직여 밥을 먹기 시작했다. 한 그릇을 뚝딱 비우자 가족들 얼굴에 안도의 미소가 번졌다.

영역 표시,
여기가 우리 집!

아침을 다 먹은 쿵쿵따를 칭찬하려고 아빠가 손을 뻗자 쿵쿵따가 갑자기 경계하면서 몸을 움츠렸다. 아빠는 몸을 낮추고 한껏 움츠러든 쿵쿵따를 조심스럽게 안았다. 그러고는 쿵쿵따의 집으로 가서 테크에 앉은 후 한참 동안 쿵쿵따를 쓰다듬으며 조용히 말을 걸었다.

"쿵쿵따, 여기서 새 가족들과 같이 살게 될 거야. 옆에는 홍비 누나. 여기 넓은 마당 보이지? 이제부터 여기가 네 집이니까 안심해."

아빠는 쿵쿵따를 쓰다듬으며 계속 말을 했다. 30분 넘게 쿵쿵따를 품에 안고 보듬어 주었다. 이 모습을 보고 있던 홍비가 불편한 기색을 보였지만 이 방법이 효과가 있었는지 쿵쿵따는 조금씩 긴장을 풀기 시작했다. 아빠가 손을 뻗으면 여전히 살짝 긴장했지만 이내 스스로 아빠에게 다가가서 안기고 꼬리치고 빙글빙글 돌며 발랄한 모습을 보였다.

아빠는 쿵쿵따가 편안해지자 마당으로 데리고 나가 구경을 시켜 주었다. 우리 집은 마당에 담장이 없다. 이웃집과 작은 길로 이어져 있을 뿐이다. 그러다 보니 혹시 아이들이 집을 나갈까 봐 홍비와 쿵쿵따 집 주변에 울타리를 쳐서 사람이 마당에 함께 있을 때만 나올 수 있게 했다. 홍비는 이미 적응했지만 쿵쿵따가 아직 잘 모르니 더 주위를 기울여야 했다. 쿵쿵따가 갑자기 마당 밖으로 나갈까 봐 걱정이 된 아빠는 쿵쿵따에게 목줄을 한 채 함께 마당을 걸었다. 쿵쿵따는 거부감 없이 순순히 목줄을 받아들였다. 엄마와 아빠는 번갈아가며 쿵쿵따를 마당 여기저기 데리고 다녔다. 장독대에도 올라가고 마당 여기저기를 다니던 쿵쿵따는 수돗가로 향했다.

우리 집 마당 수돗가에는 동네 길고양이나 새들이 편안하게 물을 마시고 갈 수 있도록 항상 물이 가득 담긴 큰 그릇이 놓여 있었다. 한겨울에는 열선을 연결해서 물이 얼지 않도록 했다. 여러 생명들이 언제나 와서 물을 먹을 수 있도록 한 아빠의 배려였다. 쿵쿵따는 수돗가 옆 물그릇에서 물을 벌컥벌컥 마신 후 마당 나무로 가서 시원하게 영역 표시를 했다. 마치 여기가 내 집이라는 듯!

쿵쿵따의 네 발 가족,
홍비 누나

홍비가 자기 집 옆에서 낯선 개가 밥을 먹는 모습을 보더니 으르렁거렸다.

"그러면 안 돼, 홍비. 오늘부터 우리랑 같이 살 가족이야."

아빠는 홍비에게 쿵쿵따가 어떻게 우리 집에 오게 되었는지 천천히 설명해 주었다. 쿵쿵따가 병원에서 오래 힘들게 살았다는 아빠의 설명을 조용히 듣던 홍비는 잠시 후 다 알아들었다는 듯 으르렁거리던 걸 멈췄다.

홍비는 평소에 바비와도 잘 지내서 쿵쿵따랑도 별문제 없을 거라고 생각했다. 하지만 혹시 모를 사고를 대비해서 한동안은 쿵쿵따가 마당에 있을 때면 홍비는 집에 있도록 했고 산책도 따로 다녔다. 우리는 홍비가 쿵쿵따에게 좋은 누나가 되어 줄 거라고 믿었다.

쿵쿵따의 네 발 가족,
새침한 바비

쿵쿵따가 마당에 어느 정도 적응했을 때 밖을 내다보고 있던 바비를 마당으로 데리고 나왔다. 마당 구경에 정신이 팔려 있던 쿵쿵따는 바비를 보더니 다가가 먼저 인사를 건넸다. 새침한 바비가 고개를 돌리며 싫은 티를 팍팍 냈지만 아랑곳하지 않았다.

바비를 졸졸 따라다니며 냄새를 맡는 쿵쿵따. 바비는 쿵쿵따를 반기지는 않았지만 으르렁거리지도 않았다. 우리는 엄마 아빠가 가족이라고 소개하니 참는 모양이라고 생각했다.

다른 개들하고 어울리는 것을 싫어하는 바비는 쿵쿵따에게도 그다지 마음을 여는 것 같지 않았다. 가족들은 그게 조금 아쉬웠지만 다행히 쿵쿵따를 향해 짖거나 피하지는 않았다. 다만 사회성이 너무 좋은 쿵쿵따가 자기 몸에 코를 대고 킁킁거리면서 냄새를 맡으면 후딱 피했다.

아마 이때부터였을 것이다. 쿵쿵따의 한결같은 '바비바라기'가 시작되었다. 쿵쿵따는 매너가 좋았다. 바비를 따라다니며 냄새를 맡다가도 바비가 피하면 바로 거리를 두고 멈추었다. 갑자기 뛰어 다가가거나 막무가내로 들이미는 행동도 없었다. 멀찌감치 떨어져서 바비를 쳐다보다가 서서히 거리를 좁히는 전술을 택했다.

처음에는 쿵쿵따의 이런 모습이 대견하다고 생각하면서도 한편 짠한 마음도 들었다. 쿵쿵따는 동물병원에서도 언제나 다른 아이들에게 먼저 양보했다고 들었는데 그런 습관이 남아 있는 것 같아 마음이 아팠다. 타고난 천성인지 눈치를 보며 살아야 했던 병원 생활에서 익힌 생존법인지 알 수 없었다.

이런 생각이 들 때면 쿵쿵따와 어릴 때부터 함께하지 못한 게

아쉬웠다.

'조금 더 일찍 쿵쿵따를 만날 수 있었더라면….'

잡종 개에 대한 편견, 수술 실습견에 대한 혐오

쿵쿵따를 입양하기로 결심한 후 지인들을 만나면 쿵쿵따에 대해 궁금해했다.

"어떤 종이야?"

"믹스견."

"무슨 종하고 무슨 종이 섞였는데?"

"그냥 여러 종이 섞인 발바리야."

"어, 근데 발바리를 왜 샀어?"

"산 게 아니라 입양 공고 글을 보고 입양한 거야."

"발바리도 입양 공고를 올려? 그냥 시골에 흔한 똥개 아닌가? 왜 그런 개를 입양했어? 품종견도 많은데."

"병원 앞에 버려져서 8년 동안 병원에서만 지낸 아이인데 마당에서 지낼 수 있는 곳이면 좋겠다고 했거든. 우리 집 마당 있잖아."

"병원에서 왜 8년을 있었어? 어디가 많이 아팠나?"

"아… 그게… 수술 실습견으로 병원에서 지냈어."

수술 실습견이었다는 말을 들으면 두 가지 반응이 돌아왔다.

"수술 실습견이 뭐야?"

"실습? 동물실험을 했다는 거야? 화장품 만들 때처럼?"

내가 처음 수술 실습견이라는 단어를 들었을 때와 반응이 비슷했다. 그래서 실험동물이 아니라 수술 실습견이 무엇인지 설명해 주면 대부분 비슷한 반응을 보였다.

"불쌍해서 어떡해."

"그런 개를 키워도 괜찮겠어?"

"다른 개를 알아보지 그랬어."

수술을 많이 했던 개를 키우다가 아프면 어떻게 할 거냐고 물었다. 동물병원에 다시 데려다 주라는 조언을 하는 사람도 있었다. 키우다가 아프면 그 병원에서 무료로 치료해 주기로 한 것인지도 물었다. 우리가 쿵쿵따를 입양했는데 왜 예전 병원에서 치료를 해 줘야 하나… 이미 우리 가족인데.

예상하지 못한 반응 중에서 가장 놀란 것은 똥개라고 불리는 발바리, 잡종, 믹스견을 '굳이' 입양을 통해서 키워야 하는지 의아해한다는 것이었다. 발바리를 왜 반려동물로 키우는지 알 수 없다고도 했다. 품종견을 쉽게 살 수 있는데 왜 잡종을 입양해서 키우는지 이해하지 못했다. 게다가 병원에서 8년이나 있던 수술실습견을 입양한 건 동정심이 지나치다고도 했다.

"좋은 일 했네."

"불쌍하고 안쓰럽지만 나는 그런 애 못 데리고 있을 것 같아. 수술 실습견으로 있었던 게 계속 생각날 거 아냐."

"불쌍하네."

쿵쿵따를 입양하면서 사람들의 다양한 시선을 알게 됐다. 생명을 어떻게 동정심만 가지고 가족으로 받아들일 수 있을까? 품종이라는 것이 처음부터 있었던 것일까? 품종도 사람이 만들고 붙인 이름이다. 마음이 착잡했다.

사람이 좋은데
사람이 무서운 쿵쿵따

쿵쿵따와 살면서 함께 살던 개들과는 다른 행동이 눈에 들어왔다. 보통 개들은 반가우면 사람에게 뛰어오르거나 앞발을 들어 안아 달라고 하는 행동을 많이 한다. 가족이 외출했다가 돌아오면 기뻐서 사람에게 달려들게 마련이다. 쿵쿵따는 그러지 않았다. 기분이 아주 좋거나 반가움을 표현할 때면 제자리에서 빙글빙글 도는 게 다였다. 적절한 거리를 유지하는 듯 보였다. 동물병원에 있을 때 자주 했던 행동이라고 들었다. 아무래도 행동

반경이 좁은 작은 케이지에서 오래 살아서 그런 것 같았다. 넓은 곳에서 자유롭게 살다 보면 언젠가 없어질 거라고 기대했다.

또 낯선 사람을 두려워했다. 낯선 사람이 다가가면 거리를 두며 뒷걸음질을 치거나 피했다. 자주 보는 동네 이웃들에게도 곁을 주지 않았다. 항상 멀찌감치 떨어져 관찰했다. 사람들이 알은 체를 하며 가까이 다가오거나 말을 붙이면 자기 집으로 쏙 들어갔다.

병원에서 겪었던 일이 있으니 그럴 수 있다. 사람의 손이 쿵쿵따에게는 고통을 주는 손이었으니까. 때로는 가족이 손을 뻗어 몸을 만지려 해도 움찔움찔했다. 가족을 피하거나 도망가지는 않았지만 순간순간 멈칫했다. 몸을 만지는 것에 매우 민감한 듯했다. 쿵쿵따를 안으려고 손을 뻗으면 몸이 뻣뻣하게 굳었다. 쓰다듬듯 몸을 만져도 얼어붙은 것처럼 그 자리에서 꼼짝도 하지 못했다. 특히 배를 보이는 것을 싫어했다. 개들은 가족 앞에서 편안히 드러누워 배를 보이기도 하는데 쿵쿵따는 그게 안 됐다.

사람을 좋아하는 쿵쿵따가 일정한 거리 이상 가까이 오지 않고 가족 주변을 맴도는 것이 과거의 기억 때문이라고 생각하니 마음이 아팠다. 가족을 좋아하면서도 한 발짝만큼의 거리를 유지하는 쿵쿵따. 아빠가 마당 꽃나무를 만지거나 텃밭을 가꿀 때도 딱 한 발짝 떨어져 있다.

변화는 느리지만 천천히 찾아왔다

시간이 해결해 줄 거라고 생각했다. 가족에게 다가가고 싶지만 과거의 트라우마로 일정한 거리를 유지하는 쿵쿵따를 가족들은 기다려주었다. 그렇게 시간이 흐른 어느 날 머리를 쓰다듬으려고 손을 뻗자 깜짝 놀라기는 했지만 다행히 뒷걸음치지 않고 손길을 받아들였다. 어색해 보였지만 가족들의 손길을 조금씩 받아들였다. 그것만으로도 큰 변화였다.

봄에 가족이 된 쿵쿵따는 시간이 지나면서 점점 더 많은 변화를 보였다. 봄이 지나고 여름이 다가오자 아빠는 마당에 의자를 펼치고 앉아 계시는 시간이 많아졌다. 아빠가 이렇게 앉아 있으면 바비는 폴짝 뛰어서 무릎에 앉는다. 이런 바비의 행동을 보고 배운 걸까? 어느 날이었다. 쿵쿵따가 아빠 무릎에 스스로 올라와 앉았다. 가족들은 환호성을 질렀다. 몸을 쓰다듬어도 소스라치게 놀라거나 움츠러드는 것도 차차 줄어들었다. 쿵쿵따의 이런 변화는 느리지만 천천히 찾아왔다.

4장
8살에 뛰는 법을 처음 배우다

생각지 못했던 배변 문제

쿵쿵따 집은 울타리 문을 자주 열어 두어서 쿵쿵따가 자유롭게 마당에서 산책도 하고 배변도 할 수 있도록 했다. 이렇게 하면 홍비와 무지개다리를 건넌 쫑이는 자연스럽게 배변을 마당에서 해결했다. 가끔 가족들 귀가 시간이 늦어서 울타리 문을 열어 주지 못했어도 변을 밟는 경우는 없었다. 집 앞 데크는 앉거나 누워서 쉬는 곳이지 똥오줌을 싸는 곳이 아니라는 것을 아이들은 쉽게 이해했다.

그래서 쿵쿵따도 쉽게 배변 가리기가 가능할 거라고 생각했는데 아니었다. 쿵쿵따는 앉는 자리, 쉬는 자리와 배변 장소를 구분하지 못했다. 데크와 문 앞에 똥오줌을 싼 후 그 자리에 앉거나 누워 쉬는 경우가 많았다. 당연히 몸 여기저기에 똥오줌이 묻었다. 동물병원 좁은 케이지 안에서 오랫동안 생활하면서 어쩔 수 없이 같은 공간에서 밥을 먹고 똥오줌을 싸고 밟고 다니던 것이 몸에 밴 것 같았다.

몸에 똥오줌이 묻으면 목욕을 시켜야 하는데 그것도 쉽지 않았다. 수술을 자주 했던 트라우마 때문인지 사람 손이 몸에 닿거나 발을 만지는 것을 매우 싫어했고, 목욕을 시키면 몸이 뻣뻣하게 굳고, 물이나 샴푸가 닿으면 오줌을 지렸다. 그렇다고 씻기지 않을 수도 없었다. 대소변을 가리게 되면 싫어하는 목욕을 하지 않아도 되는데 그게 안 되니 목욕을 할 때마다 전쟁이었다.

가족도 힘들었다. 똥오줌을 몸에 묻힌 상태로 자기 집에 들어가 뒹구니 집도 난리가 났다. 쿵쿵따 집에 깔린 담요나 방석에만 묻으면 빨면 된다. 그런데 난방 장치가 된 집 바닥이 따듯하니

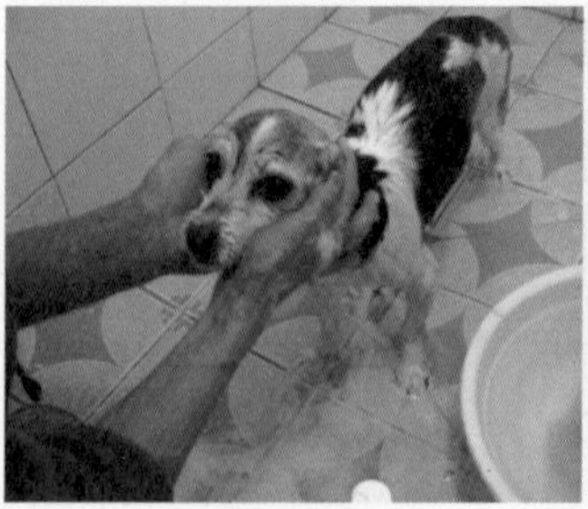

쿵쿵따는 이불을 헤집고 바닥에 누웠고, 그러면 집 전체가 난장판이 되어서 대청소를 해야 하는 큰일이 되고 말았다.

몸 만지는 것을 극도로 싫어하는 걸 알면서도 목욕을 시키는 건 힘든 일이다. 게다가 목욕을 하면 오줌까지 지리니 힘들면서도 안타까웠다. 쿵쿵따가 경험했을 실습견 생활이 어땠을지 우리는 짐작도 하지 못한다. 얼마나 끔찍했을지 알지 못하는 가족들은 마음이 아플 뿐이었다.

쿵쿵따도 가족도 서로에게 적응할 시간이 필요했다. 똥오줌이 몸에 묻을 때마다 씻기면 스트레스를 너무 많이 받을 것 같아서 우리는 쿵쿵따가 배변에 적응할 수 있을 때까지 마음의 여유를 갖기로 했다. 집 안에 묻은 똥오줌을 잘 닦고, 이불을 자주 교체해 주면서 목욕 주기를 좀 늘렸다. 다행히 쿵쿵따는 서서히 적응했고, 시간이 좀 지나자 배변 문제도 해결됐다.

8살에 뛰는 것을 처음 배우다

쿵쿵따가 우리 집에 온 후 가장 좋아하는 일은 마당을 돌아다니는 것이었다. 쿵쿵따에게 물어보지는 않았지만 가족 생각에는

그런 것 같았다. 킁킁대고 천천히 어슬렁거리며 마당을 걸어 다녔다. 그런데 어느 날 보니 쿵쿵따가 뛰는 모양이 좀 이상했다. 처음에는 눈치 채지 못했는데 가족을 향해 오거나 간식을 먹으려고 뛰어올 때면 자세가 이상했다. 일반 개들처럼 껑충껑충 뛰지 못했다.

가족들은 쿵쿵따가 뛰는 모습을 유심히 관찰하기 시작했다. 자세히 보니 뛸 때 뒷다리가 나란히 땅을 박차야 하는데 쿵쿵따는 뒷다리가 양반다리를 하듯 서로 교차하며 꼬였다. 그러다 보니 껑충껑충 뛰지 못하고, 몇 발짝 뛰다가 걷고 다시 뛰다가 걷기를 반복했다.

아무래도 쿵쿵따의 오랜 병원 생활이 원인인 것 같았다. 좁은 케이지에 오랫동안 갇혀 지내면서 얻은 부작용. 케이지 안에서 개들이 제대로 할 수 있는 행동은 없다. 케이지 쇠창살 위에 앉아 있거나 누워 있는 것뿐. 그러다 보니 뛸 때 뒷다리 자세를 어찌 해야 하는지 모르는 것 같았다. 입양 전에 동물병원에 가서 쿵쿵따를 산책시킬 때는 왜 몰랐을까? 그때는 짧은 산책이어서 미처 알아채지 못했던 것 같았다.

이런 추측을 하면서도 다리에 문제가 있을 수 있으니 검사를 받으러 병원에 가기로 결정했다. 그런데 병원에서 이제 벗어난 아이를 다시 병원에 데려간다는 게 꽤 잔인한 일인 것 같았다. 생각이 많아져서 일단 쿵쿵따가 마당에서 걷는 모습을 자세히 지켜보기로 했다. 걷는 것부터 적응이 되면 뛰는 것도 언젠가는 자연스럽게 나아지지 않을까 기대했다.

쿵쿵따의 집 울타리를 항상 열어두었기 때문에 쿵쿵따는 언제

라도 마당으로 나갈 수 있었다. 쿵쿵따는 마당에서 충분히 많은 시간을 걸어 다녔고, 아빠는 시간이 날 때마다 쿵쿵따 다리를 마사지해 주었다. 같은 자세로 좁은 곳에 갇혀 있어서 경직되고 꼬였던 근육이 풀리는 데 도움이 되기를 바라면서.

그 덕분이었을까. 한 달 정도 시간이 지나자 쿵쿵따의 뒷다리는 천천히 정상으로 돌아왔다. 쿵쿵따의 노력과 아빠의 마사지 덕분이었다. 급하게 병원에 데려가지 않고 지켜보기를 잘했다. 쿵쿵따에게 또다시 두려움을 주지 않았으니. 그 후 쿵쿵따는 다른 개들처럼 뛰어다닐 수 있었다. 그렇게 8살에 뛰는 법을 배웠다. 뒷발을 나란히 두고 박차는 법을.

개는 개답게 키워야지

우리 집에 개가 새로 왔다는 소식에 이웃들이 놀러오거나 지나가다가 알은 체를 하는 일이 잦아졌다. 시골 동네라서 마당에서 키우는 개는 먹다 남은 밥을 주다가 때 되면 팔아 버리는 것이 일상이었다. 그러다 보니 동네에서 우리 집은 개를 사람처럼 대하는 독특한 집으로 통했다.

마당에서 거니는 쿵쿵따를 보면 다들 한 마디씩 했다. 대부분 쿵쿵따의 외모를 보고는 똥개 같은데 어디서 데려왔느냐, 왜 데려왔느냐는 말로 시작되었다. 처음에는 동물병원에서 수술 실습견으로 있던 아이를 데려왔다고 무심코 말했다가 곧 과거 이력은 말하지 않게 되었다. 뭐하러 저런 개를 키우냐는 반응이 대부분이었기 때문이다. 여전히 개장수들이 트럭을 끌고 다니는 동네다. 개는 자고로 팔아서 돈을 버는 대상이었다.

동네 사람들은 쿵쿵따의 체구가 작고 왜소하다 보니 식용으로 팔아 돈을 벌려고 개를 키우는 것이 아님을 알게 되었다. 사람 대하듯 키우는 걸 보니 분명 비싸고 특별한 품종일 거라 생각했는데 흔한 잡종, 발바리, 믹스견이라니! 그때부터 '아무 말 대잔치'가 시작됐다.

"무슨 똥개를 애지중지 키워!"

"개는 개답게 키워야지."

이런 이야기를 자주 들으면 가족들 마음은 불편해진다. 동네 어르신들이니 설득하기도 어렵다. 그저 한 귀로 듣고 한 귀로 흘려야 한다. 대부분 말로 상처를 입어도 시간이 지나면 무뎌지는데 이런 말들은 시간이 지나도 괜찮아지지 않는다. 아마도 내가 아니라 우리 아이에게 하는 말이기 때문일 것이다.

똥개답게 키우는 것과 품종 개답게 키우는 것은 뭐가 다를까? 하찮은 미물도 홀대하고 학대해서는 안 된다. 장마철의 퍼붓는

비, 한여름의 햇살, 겨울의 추위와 눈바람을 피할 곳 없이 고스란히 맞으며 혹독한 날씨를 견뎌내야 하는 것이 똥개의 당연한 삶일까? 이런 고통이 똥개와 품종 개를 나누는 기준이 될 수는 없다. 품종 개는 건강에 좋은 비싼 사료와 간식을 먹고 똥개는 사람이 먹다 남은 밥을 먹는 것을 당연하게 생각해서는 안 된다. 내가 아끼고 사랑하면 그만큼 애정을 가지고 대하게 된다. 다른 사람이 평가하는 기준은 잣대가 되지 못한다. '똥개답게'가 아니라 '우리 가족답게' 키우고 싶다.

시골에서 개 키우기

우리 집 앞은 등산로로 이어지는 길도 있어서 종종 등산객들이 집 앞을 지나간다. 마당 대부분을 텃밭으로 가꾸고 있어서 봄부터 가을까지 다양한 작물을 볼 수 있다. 그런데 마당에 담을 쌓지 않아서 등산객들이 텃밭으로 들어올 때도 많고 가끔은 채소를 캐 가기도 한다.

쿵쿵따를 마당에 풀어 둔 채 부모님이 잠깐 집 안에서 일을 보다가 마당에서 놀라는 소리가 들리면 여지없이 등산객이 마당

안으로 들어오다가 쿵쿵따와 마주친 것이다. 사람들이 마당 안으로 들어오면 쿵쿵따는 달려들지는 않지만 들어오지 말라고 짖는다. 그런데 성대제거수술을 해서 목소리가 나오지 않는 탓에 등산객들은 쿵쿵따가 자기들을 반기는 줄 알고 성큼성큼 다가오는 경우가 많다.

사람이 집에서 나오면 등산객들은 뒤돌아 나가는데 쿵쿵따는 그때를 놓치지 않고 등산객의 신발을 무는 시늉을 했다. 진짜로 물지는 않고 무는 척 하는 것이다.

"아까는 반갑다고 좋다고 하더니 물려고 하네."

쿵쿵따가 소리를 내지 못하고 입만 벌리는 것을 보고 좋아서 반기는 것이라고 오해를 많이 한다. 그래서 성대제거수술을 해서 목소리가 안 나오는 거라고 설명하면 주로 이런 반응이다.

"밖에서 키우는 똥개한테 왜 성대제거수술을 시켰어요?"

"사납다고 성대제거수술을 시킨 거예요?"

"짖지도 못하는 개를 왜 키워? 목소리가 안 나와서 집도 못 지키겠네."

홍비와 바비에게 보이는 관심과는 다르다.

"얘는 진돗개고 쟤는 몰티즈네요."

"저 똥개도 같이 키우시는 거예요?"

똥개가 아니라 토종견 발바리라고 하면 사람들은 똥개가 발바리 아니냐며 지나간다.

가족처럼 소중하게 키우는 모습을 보고도 거침없이 말하는 사람들이 많다. 도시에서는 반려동물과 사는 것이 평생의 가족이 되는 것으로 생각되지만 시골은 다르다. 특히 품종 개가 아니면 집이나 지키라고 애정 없이 키우다가 때 되면 개장수에게 팔아버리려고 키우는 개라고 생각한다. 그러다 보니 사람들이 무심코 던지는 말에 가족들은 상처를 받는다. 쿵쿵따에 대해서 아무것도 모르면서! 그래서 사람들에게 쿵쿵따에 대해 자세히 이야기하는 것을 점점 피하게 되었다.

마당에는 길고양이도 산다

우리 집에는 바비, 홍비, 쿵쿵따 외에도 동네 길고양이가 산다. 동네에 길고양이가 많은 편인데 집에서 밥을 주다 보니 집에 눌러앉는 고양이들도 생겼다. 사료나 간식 외에 종종 닭을 삶아 뼈를 발라낸 살을 쿵쿵따와 홍비, 바비에게 먹일 때면 고양이들에게도 먹인다. 이런 모습이 동네 사람들에게는 낯설다.

"무슨 똥개를 그리 애지중지 키워?"

"고양이들한테 먹이 주지 마."

확실히 시골은 도시에 비해서 이웃에 관심이 많다. 그래서 아이들이 아파서 동물병원에 데리고 가면 그걸 또 뭐라고 한다. 비싼 개도 아닌데 무슨 병원까지 가느냐고. 원래 똥개는 병도 잘 안 걸리고 아파도 금방 괜찮아진다고. 왜 쓸데없는 데 돈을 쓰냐고. 참견은 끝이 없다. 길고양이 중성화수술을 위해 병원에 가기도 하고, 고양이가 다치면 병원에 가기도 하는데 거기에다 대고 "사람 팔자보다 낫네"라며 모진 소리를 한다. 이럴 때면 곤혹스럽지만 함께 살아가는 이웃이고, 긴 세월 동안 동물을 그렇게 대하던 분들이니 이해하려고 노력한다. 또한 이웃들이랑 갈등이 생기면 아이들에게 불똥이 튀기 때문에 큰 소리 내지 않으려고 노력한다.

매일 매일 산책 코스

쿵쿵따는 새로운 환경에 조금씩 적응해 나갔다. 낮에는 하루에도 몇 번씩 마당 이곳저곳을 돌아다니며 냄새 맡는 것에 몰두했다. 매번 같은 장소, 같은 나무와 풀 냄새 맡기를 루틴처럼 반

복했다.

쿵쿵따는 신기하게도 담이 없는 마당을 절대 벗어나지 않았다. 집 울타리 문을 열어 주면 바로 옆에 있는 돌배나무 아래에 소변을 보고 곧바로 수돗가에 가서 물을 마셨다. 그다음에는 수돗가 주변에 가득한 클로버에 코를 박고 냄새 맡는 것을 좋아했다. 풀냄새를 한껏 즐긴 다음에는 돌계단 입구에 놓인 항아리로

뛰어가 또 소변을 봤다. 까마중나무 아래 있는 평상에 낯선 냄새가 나면 영역 표시로 그곳에 마킹을 했다. 평상은 내 것이라고 말하고 싶은 거겠지. 마지막으로 길과 마당 사이에 있는 장미 넝쿨에 마킹을 하고는 주변을 빙 둘러본다. 여기까지가 아침 산책 코스다. 우리는 그걸 쿵쿵따 코스라고 불렀다.

쿵쿵따 코스가 끝나면 마치 여기까지 완벽하게 마친 것이 뿌듯하다는 듯 쉬었다가 자기 집으로 돌아간다. 이처럼 쿵쿵따는 마당을 벗어나지 않고 편하게 마당 산책을 즐겼다. 쿵쿵따는 집에 오고 며칠 동안 마당을 돌며 이곳저곳을 구경하면서 영역 표시를 했는데 그게 자연스럽게 쿵쿵따 코스가 된 것이다.

가족들은 늘 궁금했다. 쿵쿵따는 어떻게 우리 집 마당을 정확하게 알고 마당을 벗어나지 않을까? 참 신기했다. 쿵쿵따의 마음을 다 알 수는 없지만 어쨌든 그 코스 안에서는 안전하다고 느끼는 것 같았다.

가족이 된 지 3개월이 지나자 쿵쿵따는 집 뒤편까지 산책 코스를 넓혔다. 집을 벗어나지 않는 선에서 집을 중심으로 마당 전체를 구석구석 돌아다녔다. 그런데 집 뒤로는 큰 산이 있어서 야생동물 소리가 자주 들린다. 쿵쿵따는 어디서 부스럭거리는 소리만 나도 깜짝 놀라 펄쩍펄쩍 뛰었다. 그럴 때면 엄마는 쿵쿵따 이름을 다정하게 부른다. 그러면 쿵쿵따는 엄마에게 쏜살같이 달려와 눈을 맞춘다. 다행히 쿵쿵따가 마당을 넘어 뒷산으로 가는 일은 일어나지 않았다.

아빠 껌딱지

아빠 껌딱지인 쿵쿵따가 당황할 때는 아빠가 지방 출장을 가실 때다. 아빠 옆에 딱 붙어 있던 녀석이 아빠가 며칠씩 집을 비우는 날이면 아쉬운 대로 엄마에게로 갔다. 아빠가 없는 기간 동안은 밥을 챙겨 주는 엄마 옆에 찰싹 붙어 떨어질 줄을 몰랐다.

아빠 엄마 누구 한 사람이 특별하게 더 챙기거나 하지는 않았다. 오히려 아빠가 일 나가면 집에 있는 시간이 엄마보다 적은데도 아빠를 더 잘 따랐다. 동물병원에서 처음 집으로 올 때 아빠가 운전하는 차에서 처음 보는 아빠 팔에 턱을 대고 기대기도 하면서 집까지 온 것이 계기가 된 것일까?

게다가 처음에 까칠했던 바비와도 날이 갈수록 친해져서 바비와 항상 붙어 다니며 마당 산책을 했다. 물론 쿵쿵따가 일방적으로 바비를 따라다니는 거지만! 바비도 처음만큼 싫은 내색 없이 쿵쿵따를 받아들였다. 그래서 둘이 함께 마당을 다니는 모습을 항상 볼 수 있었다. 그러다 보니 쿵쿵따가 제일 좋아하는 우물가 옆 클로버 풀밭도 바비가 쿵쿵따를 따라 자주 가는 곳이 되었다. 물론 여전히 쿵쿵따가 바비 똥꼬 냄새를 맡으려고 하면 싫은 내색을 팍팍 내지만!

크고 두툼한 쿵쿵따의 발

쿵쿵따는 작고 마른 몸집과 달리 네 발은 꽤 크고 두툼하다. 병원에 있을 때는 아무도 쿵쿵따의 이런 개성을 알아보지 못했

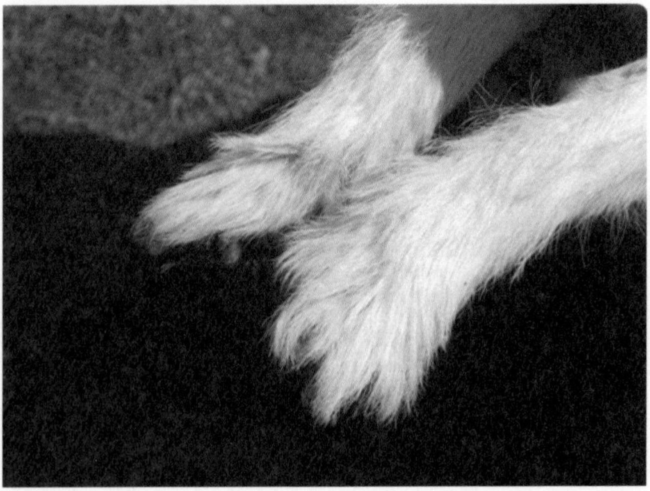

을 것이다. 우리 가족도 처음에는 잘 몰랐다. 그런데 어느 날 텃밭에 마치 말이 뛰어다닌 것 같은 큰 발자국이 있었다. 땅을 디딘 무게감이 묵직하게 느껴질 정도로 깊이가 있는데다 크기와 모양이 말발굽하고 똑같았다. 범인을 찾아보니 쿵쿵따였다. 우리 쿵쿵따 발이 이렇게 컸나? 몸은 가냘프고 작은 녀석이.

부모님은 텃밭 수호를 위해서 쿵쿵따를 교육하기 시작했다.

"쿵쿵따야~ 사람이랑 개가 다니는 길은 여기랑 저기야. 그래야 엄마 아빠가 심어 놓은 작물들이 안 다치거든. 바비랑 홍비가 밭 사이로 걷는 거 본 적 있지? 쿵쿵따도 그래야 해."

이렇게 부모님은 '말로' 가르치는 교육을 시작했다. 이게 먹힐까? 밭을 가로질러 오는 쿵쿵따를 향해 밭 말고 밭 사이로 다니라고 소리쳤다. 부모님은 홍비와 바비에게도 아기에게 하듯이 말을 많이 하는데 그럴 때면 동네 사람들은 신기한 듯 한마디씩 하곤 한다.

"뭔 개들을 사람 새끼처럼 대하고 그래요?"

내가 봐도 개에게 밭 사이로 걸으라고 말로 가르치는 부모님을 시골 분들이 이해하기는 어려워 보였다.

그런데 신기하게도 쿵쿵따가 이 말을 알아들었다. 엄마 아빠가 교육을 시작한 지 며칠 되지 않아서 쿵쿵따는 홍비와 바비처럼 밭 사잇길로 다니기 시작했다. 밭 건너편에 있다가도 가로질러 오지 않고 빙 둘러 밭고랑 사이로 걸어 다니기 시작했다. 쿵쿵따 천재!

보이지 않는 울타리, 여기까지가 우리 집

쿵쿵따를 입양하고 첫 추석에 가족이 모두 모였다. 쿵쿵따를 입양했을 때, 우리 아이들 이름이 마치 항렬이 있는 것처럼 홍비, 바비처럼 '비'자로 끝나서 쿵쿵따 이름을 따비라고 지었다. 그런데 몇 달 만에 다시 쿵쿵따로 부르게 되었다. 쿵쿵따가 몇 달이 지나도 따비라는 이름에 반응하지 않았기 때문이다. 새 이름을 완강히 거부하는 쿵쿵따의 뜻에 따라 원래 이름으로 돌아갈 수밖에 없었다. 생각해 보면 쿵쿵따는 세상에 하나밖에 없는 유일하고 멋진 이름이다. 쿵쿵따에게는 쿵쿵따라는 이름이 더 잘 어울리는 것 같았다.

외출했다 돌아오는데 쿵쿵따가 마당 의자에 앉아 쉬고 있는 아빠의 무릎에 올라 아빠 팔에 턱을 괴고 활짝 웃고 있었다. 누구보다 행복한 얼굴이었다. 쿵쿵따가 행복하면 우리도 행복했다.

쿵쿵따는 여전히 자기 영역을 철저히 지키고 그 이상 나가지 않았다. 아랫집으로 내려가면 그 아랫동네까지 내려갈 수 있고, 집 앞 바로 앞에 있는 도랑 너머에는 넓은 밭도 있었다. 그곳은 홍비가 아빠와 자주 산책 겸 볼일을 보러 가는 곳인데도 쿵쿵따는 자기가 정한 영역을 넘지 않았다. 우리 집을 중심으로 아랫집과 윗집으로 가는 길 끝에 경계를 쳐놓은 듯했다.

이런 쿵쿵따의 행동이 신기하고 믿기지 않아 가족들은 장난삼아 시험을 해봤다. 짓궂은 마음이지만 정말 궁금했다. 쿵쿵따가 마당에서 놀고 있길래 마당 구석구석을 쿵쿵따를 따라다니며 같이 산책을 했다. 쿵쿵따가 냄새를 맡고 오줌을 누는 것도 지켜보았다. 쿵쿵따는 아랫집으로 내려가는 길목 끝에서 길에 핀 풀들 사이에 코를 박고 냄새를 맡았다. 그때 내가 길 너머로 내려가서 쿵쿵따를 불렀다.

"쿵쿵따, 이리와. 여기로 산책 가자."

냄새 맡는 것을 멈추고 잠깐 나를 쳐다본 쿵쿵따는 갑자기 뒤로 돌아 마당을 가로지르더니 자기 집으로 뛰어 들어가 버렸다. 아니, 오라는 데 집으로 가면 어떡해? 가족들은 쿵쿵따의 이런 모습에 많이 웃었다. 나는 그런 쿵쿵따가 너무 귀여워서 몇 번 더 장난을 쳤는데 내가 골목 쪽으로 발만 내딛어도 나를 뚫어지게 쳐다보다가 집으로 들어가서는 나오지 않았다.

처음에는 재미있기도 하고 집을 안전한 곳이라고 생각하는 쿵쿵따가 기특하기도 했지만, 어쩌면 쿵쿵따는 집을 벗어나는 것이 두려운데 짓궂은 장난을 하는 것 같아서 이후에는 그만두었다. 한편으로는 이곳을 정말 자기 집으로 생각하고 우리를 가족으로 받아들인 것 같아 울컥했다. 누가 가르쳐 준 것도 아닌데 정확히 우리 집과 옆집의 경계를 지적도 보듯이 아는 개라니! 똑똑하고 영특한 녀석이다.

우물에 빠져도
짖지 못하는 개

마당을 좋아하는 쿵쿵따는 매일 매순간 이리저리 신나게 뛰어다니며 놀았다. 언제부터인지 우물 뒤 장독대 위로 영역을 넓혔다. 바로 뒷산과 이어지는 곳이라 산위로 올라갈까 봐 걱정했지만 그런 일은 없었다.

그러던 어느 날, 장독대 뒤 산아래 수풀 속을 돌아다니는 쿵쿵따를 발견했다. 깜짝 놀라서 빨리 내려오라고 소리쳤다. 이 말을 들은 쿵쿵따가 장독대 위에서 우물 쪽으로 바로 점프를 했다. 자꾸 우물 속으로 나뭇잎이 들어가서 우물 입구를 방충망으로 덮어 놓았는데 쿵쿵따가 정확히 그 방충망 위에 착지하고 말았다.

세상에! 쿵쿵따가 방충망을 뚫고 우물 아래로 풍덩 빠졌다. 놀란 식구들이 우물로 달려갔다. 우물 안을 들여다보니 쿵쿵따는 좁은 우물 속에서 첨벙첨벙 헤엄치며 우물 벽에 빠져나온 돌을 붙잡고 버티고 있었다.

생각할 틈도 없이 아빠가 황급히 우물 안으로 내려가 쿵쿵따를 번쩍 들어서 꺼냈다. 많이 놀라고 추웠을 것 같아서 따뜻한 물로 씻기려 했는데 쿵쿵따는 무슨 일이 있었냐는 듯 폴짝폴짝 마당을 뛰어다녔다. 좋아하는 마당인데 겁을 먹을까 봐 걱정했는데 다행이었다.

쿵쿵따는 별문제 없었지만 인간들이 바빠졌다. 우물을 식수로 사용하고 있었기 때문에 우물물을 모두 퍼내야 하는 중노동이 기다리고 있었다. 엄마 아빠는 놀랐을 쿵쿵따를 혼내지 않았다. 대신 튼튼한 우물 뚜껑을 만들어 덮기로 했다.

이 사건 때문에 부모님은 쿵쿵따에 대해 새로운 사실을 알게 되었다. 우물에 빠졌을 때 쿵쿵따가 가족들을 향해 있는 힘껏 짖었는데 소리가 나지 않았기 때문이다. 부모님은 공기 빠지는 소리만 가늘게 나는 것을 지켜보았다. 수술 실습견일 때 성대제거수술을 받았다는 것을 말씀드렸는데 잊고 있었던 것이다. 부모님은 성대제거수술 이야기에 깜짝 놀랐다. 쿵쿵따가 순해서 안 짖는 줄 알았는데 수술 때문에 목소리가 나오지 않는 거였다니….

성대제거수술을 받았다는 이야기에 부모님은 또 다른 걱정이 생겼다. 집 앞에는 뒷산에서 이어지는 작은 개천이 있었기 때문이다. 폭이 넓지는 않지만 사람 허리만 한 깊이였다. 몇 년 전 태풍으로 개천이 범람한 이후 시에서 콘크리트 작업을 했는데 그곳에 빠진 동물들이 밖으로 나오지 못하는 경우를 종종 보신 모양이었다. 쿵쿵따가 마당에서 놀다가 보지 못하는 사이에 그곳에 빠지면 어떡하냐며 걱정했다. 쿵쿵따가 목소리를 잃었으니 긴급한 상황에 짖어도 자신들이 도움을 줄 수 없을까 봐 걱정이었다. 개천의 길이가 꽤 길어 한 번 빠지면 개천길을 따라 아래 큰 길로 이어질 수도 있고, 좁은 수렁 같은 길이라 사람들의 눈에 띄기도 어려웠기 때문이다.

병원에 문의해 보니 성대제거수술은 한 번 하면 목소리를 되돌릴 수 있는 방법이 없다고 했다. 안타까웠다. 재건수술이 안 된다는 말에 부모님은 실망이 컸다. 그나마 쿵쿵따가 우물에 빠질 때 가족이 집에 있어서 바로 구출했고, 크게 다친 곳이 없는 것이 다행이라며 위안을 삼았다. 우물 뚜껑을 잘 닫고 집 근처 위험한 곳에 가지 못하게 단단히 교육하는 방법밖에 없었다. 우리 가족은 살면서 불쑥불쑥 쿵쿵따가 수술 실습견이었다는 사실을 아프게 되새겼다.

가족의 전통을 이어가는 쿵쿵따

쿵쿵따가 가족이 된 이후 가족이 모이면 으레 홍비와 바비 그리고 쿵쿵따 이야기로 가득하다. 아이들은 아침저녁으로 마당을 자유롭게 돌아다니며 대소변을 해결하는데, 홍비는 진돗개라서 그런지 자기 집 영역 밖에서 대소변을 해결하려는 습성이 있다.

그래서 부모님과 자주 마당과 동네 산책을 다닌다. 갔다 와서는 스스로 자기 집으로 들어가기도 하고 마당에서 더 놀고 싶을 때는 어슬렁거리기도 하는데 "집으로 들어가자" 말 한마디면 자기 집으로 쏙 들어간다. 이웃들은 이 광경을 무척 신기해한다. 이 집 개들은 신기하게 사람 말을 다 알아듣는다고.

홍비는 11살이 되었다. 나이가 들면서 산책도 오래 하기 싫어하고 움직임이 줄어서 마당에서만 돌아다니는 편이다. 그러다 보니 살도 점점 쪘다. 나이 들어 귀찮은지 산책도 많이 하려고 하지 않고 자기 집으로 쏘옥 들어가기 일쑤다. 그래서 부모님은 홍비가 집으로 들어가지 못하게 울타리 문을 닫기도 했다. 나이가 들어서 건강하려면 운동은 필수니까.

산책을 갔다 와서 쪼르륵 자기 집으로 들어가려는데 문이 닫혀 있으면 홍비는 앞발로 문을 잡아끌며 열어 달라고 낑낑거렸다. 그렇게 가족과 실랑이를 하다가 홍비는 마지못해 마당을 한 바퀴 더 돌고 다시 문 앞에 선다. 운동 더 했으니 문을 열라는 의미다. 울타리를 손으로 툭툭 치고 잡아당긴다. 열어 달라는 부탁이라기보다는 명령이다. 바비도 똑같은 행동을 한다. 마당에서 볼일 보고 나면 바로 계단을 폴짝폴짝 뛰어올라 현관 앞에 가서 문을 열라고 문을 툭툭 치며 시위하곤 했다.

우리 집에 온 지 넉 달 만에 쿵쿵따도 스스로 집에 들어가기 시작했다. 또 집으로 들어가라는 부모님의 말 한마디에 집 마당에서 신나게 놀고 있다가도 자기 집으로 쪼르륵 달려 들어간다. 부모님은 이런 쿵쿵따를 보면서 우리 집 전통을 잘 이어가고 있다며 매우 자랑스러워했다.

쿵쿵따는 마당 밖으로 벗어나지 않으면서 간혹 나무 뒤나 장독대 뒤, 집 뒤에서 놀 때가 있다. 그래서 가족들 눈에 띄지 않으면 우리는 바로 쿵쿵따를 부른다.

"쿵쿵따~ 안 보이네~ 어디 있니?"

이러면 금세 부모님 옆으로 달려와서 고양이처럼 몸을 부비부비한 후 또 뛰어다닌다. 일단 부모님을 안심시키는 아주 똑똑한

방법이다. 또 부모님이 텃밭에서 일하고 있으면 놀다가도 불쑥 다가가서 쓰윽 한 번 핥아주고 가기도 한다. 요즘 말로 '츤데레' 스타일이다. 부모님은 쿵쿵따가 친절하고 사랑스럽다며 자랑이 끝이 없다.

쿵쿵따는 마당 생활에 잘 적응했다. 쿵쿵따를 병원에서 데리고 올 때에는 걱정이 많았다. 병원 생활을 8년이나 했기 때문에 집에 데려왔을 때 사람 손에 깜짝깜짝 놀라는 것을 보고 혹시 익숙한 병원을 떠나 버려졌다고 생각할까 봐 걱정했다. 또 쿵쿵따가 우리를 자기 가족으로 생각하지 않을까 봐 조바심이 나기도 했다. 그런데 홍비와 바비가 하는 것을 보고 배우는 쿵쿵따를 보며 가족들도 어느 정도 안심하게 되었다. 걱정은 걱정이었을 뿐이다.

예쁨 받고 싶은 개

쿵쿵따는 마른 체형이다. 밥을 많이 먹는데도 좀처럼 살이 붙지 않는다. 그래서 입양하고 1년 동안 쿵쿵따 살찌우기 프로젝트가 시작됐다. 살찔 수 있는 방법을 여러 가지 동원했다. 일단 비

싼 유기농 사료를 먹였다. 부모님은 유기농 사료에는 좋은 재료가 많이 들어가 있으니 많이 먹으면 살이 오를 거라고 기대했다. 사료 때문인지 아닌지는 모르겠지만 입양 후 1년 후부터 살이 조금씩 찌기 시작했다. 물론 통통한 몸을 기대하긴 어려웠지만.

쿵쿵따는 처음에 한 끼 분량의 사료를 한 번에 다 먹지 못했다. 그래서 밥을 먹을 때마다 아빠가 옆에서 "예쁘다, 예쁘다"라고 계속 추임새를 넣었다. 그런데 그걸 매번 하다 보니 쿵쿵따는 아빠만 보면 밥그릇으로 쪼르르 달려가 밥을 먹고 칭찬해 달라고 눈을 마주친다. 아빠가 밥 잘 먹는다고 칭찬하면 또 밥을 먹고 아빠를 바라보고. 쿵쿵따는 아빠의 칭찬이 정말 좋은지 이 행동을 끝없이 반복했다.

캔으로 된 간식은 건강에 좋지 않다고 생각해서 주지 않았다. 대신 부모님은 강릉산 북어를 사서 직접 북어포를 만들어 먹였다. 개한테는 북어가 인삼만큼 좋다고 생각하셨다. 좋은 단백질이 많아서일 것이다. 쿵쿵따, 홍비, 바비를 위해서 닭도 자주 삶았다. 쿵쿵따가 하도 살이 안 쪄서 사료가 안 맞나 걱정했는데 한 달에 한 번 닭을 삶아 먹이니 살이 붙는 것 같았다.

덕분에 배변 횟수도 늘었다. 변을 하루에 대여섯 번은 본다. 밥 먹을 때마다 아빠가 예쁘다고 칭찬을 하니 먹는 양이 는 게 맞나 보다. 쿵쿵따도 사람에게 칭찬받고 싶어 하는 여느 반려견과 다를 바 없었다. 병원 수술대에 오르는 개들도 사람과 사랑을 나누고 사랑받고 싶은 똑같은 개다. 쿵쿵따는 점점 우리를 가족으로 받아들이고 신뢰를 쌓고 있었다.

병원 식구와의 재회

가족이 된 지 1년이 지날 때쯤 쿵쿵따의 입양 공고 글을 올렸던 병원 미용사가 우리 집을 방문했다. 내가 온라인에 올리는 쿵쿵따 사진을 유심히 본 미용사는 쿵쿵따에게 줄 옷을 선물로 여러 벌 가져왔다. 예쁜 모자가 달린 후드 티부터 털옷, 패딩 조끼도 있었다. 우리 가족은 미용사의 따뜻한 마음에 감사하고 또 감동했다.

미용사도 우리 가족도 쿵쿵따가 미용사를 기억하고 있을지 궁금했다. 입양을 간 후에 자신을 구조했던 구조자나 임보자 등을 기억하지 못하는 개들도 있다. 쿵쿵따는 어떨지 궁금했다. 미용사가 집 마당으로 들어서자 쿵쿵따는 기억하고 있다는 듯 바로 다가가서 뽀뽀를 하고, 꼬리를 흔들며 반가워했다. 쿵쿵따는 병원에서 고통받고 있는 자신을 구하기 위해서 가장 많은 노력을 해 준 사람을 잊지 않고 있었다.

미용사가 준비해 온 개껌을 주니 쿵쿵따는 물고 가서 오도독 오도독 맛있게 먹다가 먹던 개껌을 두고 다시 왔다. 그러고는 미용사에게 하나 더 달라고 보챘다. 집에서 간식을 줄 때도 하나 먼저 먹다가 옆에 두고는 하나 더 달라고 쪼르르 달려오는 습관이 있는데, 이 모습을 보며 미용사는 "쿵쿵따 욕심쟁이"라며 크게 웃었다.

미용사는 쿵쿵따가 사랑을 듬뿍 받은 티가 난다며 기뻐했다. 표정도 좋아졌고, 눈빛도 바뀌고, 살도 조금 오른 모습에 기뻐했다. 쿵쿵따의 부드러워진 털을 한참 쓰다듬으며 더 어려진 것 같고 명랑해졌다고 했다.

우리 가족은 미용사 눈에 혹시 쿵쿵따가 너무 말라 보이면 어쩌나 실내가 아닌 마당에서 사는 모습에 마음 아파하면 어쩌나 걱정이 있었다. 그런데 행복하게 잘 지내고 있는 것 같다고 해서 우리 가족도 마음이 한결 편해졌다. 게다가 쿵쿵따가 목줄 없이 마당에서 노는 모습을 보고는 깜짝 놀랐다. 쿵쿵따가 신기하게도 마당 밖으로는 나가지 않는다는 이야기를 하자 정말 신기

하다며 아마도 쿵쿵따가 여기가 자기 집인 줄 아는 것 같다고 했다. 그 말에 가족들은 왠지 모를 뿌듯함을 느꼈다. 내 자식 칭찬하는 것 같아서 기분이 좋았다. 그동안 동네에서 똥개 취급을 받다가 이런 긍정적 말을 들으니 자부심도 생겼다.

쿵쿵따가 마당을 벗어나지 않는다는 이야기에 미용사는 장난기가 발동했다. 아랫집으로 이어지는 길에서 쿵쿵따를 불렀다.

"쿵쿵따, 누나랑 가자!"

그러자 쿵쿵따는 갑자기 걸음을 멈추고 미용사를 쳐다보았다. 그러더니 몸을 돌려 자기 집으로 뛰어가 쏙 들어가 버렸다. 그러고는 한동안 불러도 집 밖으로 나오지 않았다.

"하하하~ 어디 안 데려갈 거야. 누나가 농담했어. 그래, 여기가 쿵쿵따 집이지?"

이 모습을 지켜보던 우리 가족은 울컥해서 눈물이 날 뻔했다. 우리 집이라고 선을 그어 놓은 것도 아닌데 쿵쿵따는 다른 집과 마당의 경계를 넘지 않았다. 엄마 아빠는 쿵쿵따가 좁은 케이지 안에서 오래 살았기 때문에 집에 오면 천방지축 돌아다니지 않을까 걱정했지만 쿵쿵따는 스스로 보이지 않는 담장을 만들어 우리 집 마당 밖으로 넘어가지 않았다. 뒤뜰엔 소나무가 무성하고, 마당엔 오동나무와 돌배나무가 있고, 텃밭 옆엔 구기자와 배나무가 있는 이곳이 쿵쿵따에게는 절대 떠나고 싶지 않은 '우리 집'이었던 것이다.

미용사는 쿵쿵따와 마지막 인사를 나누다가 결국 눈물을 흘렸다. 그 모습을 보던 우리 가족도 눈물바람이 되었다. 거듭 감사하다는 말에 감사 인사를 받을 만큼 우리가 쿵쿵따를 잘 돌보고 있는지 돌아봤다. 실내견으로 키우지 못하고 마당에서 키우고 있는 것에 대한 미안함이 있었는데 이번 만남으로 그 미안함은 잊어버리기로 했다.

진돗개 담비의 엄마가 되다

쿵쿵따는 홍비와 바비에게 관심이 많고 어울리고 싶어했지만 새침때기 바비는 쿵쿵따를 썩 내켜하지 않았다. 바비는 쿵쿵따가 계속 따라다니면 집에 들어가려고 현관문 앞에서 문을 열라고 시위를 했다. 반면 홍비는 처음 쿵쿵따를 보고는 한두 번 으르렁거렸지만 3살 어린 동생을 사납게 대하지는 않았다. 그렇다고 쿵쿵따에게 관심이 많지도 않았다. 홍비는 워낙 개에게는 곁을 주지 않는 반면 친절하고 온순한 사람은 좋아하는 녀석이었

다. 그러다 보니 홍비와 쿵쿵따를 동시에 마당에 풀어 주거나 같이 산책을 시키지는 않았다.

세월을 거스를 순 없는지 홍비는 15살이 되자 앞을 잘 못 보고, 귀도 어두워졌다. 총기가 흐려져 마당에서 산책을 하다 종종 뒷산이나 아랫집 개울가까지 가기도 했다. 소형견보다 평균 수명이 짧은 것이 안타까웠다. 홍비는 15살에 무지개다리를 건넜다.

부모님의 상심은 오래갔다. 홍비는 집을 지을 때부터 함께였고, 시내에서 작은 가게를 운영할 때도 홍비를 데리고 다녔을 정도로 홍비와 떨어져 본 적이 없었다. 특히 아빠는 일을 마치고 돌아오면 홍비의 빈집을 오랫동안 바라보거나 아침 일찍 눈을 뜨면 거실 창밖으로 홍비 집을 가만히 보시곤 했다.

홍비가 떠나고 1년이 지난 어느 날, 아빠가 새끼 진돗개를 품에 안고 왔다. 홍비가 무지개다리를 건넌 후 힘들어하는 아빠를 위해 아빠 친구가 집에서 키우던 진돗개가 낳은 새끼를 선물한 것이다. 생후 3개월에 갑자기 가족과 떨어진 강아지를 혼자 둘 수 없어서 쿵쿵따 집에 넣어 보았다. 쿵쿵따가 강아지를 어떻게 대할지 한동안 온 가족이 밖에서 지켜보았다.

세상에! 쿵쿵따는 처음 보는 강아지를 품고 얼굴을 핥아 주더니 마치 자기 새끼처럼 옆에 끼고 잠이 들었다. 이후로도 쿵쿵따는 강아지를 옆에 두고 늘 우선으로 챙겼다. 마치 엄마처럼.

진돗개라서 몸이 금방 쑥쑥 커져 집이 둘이 함께 있기에 비좁자 쿵쿵따는 자기 집을 강아지에게 양보하고 마당에서 이불도 없이 잠을 자기도 했다. 병원에서도 아픈 동물들을 핥아 주었다더니 직접 눈으로 확인할 수 있었다. 어떻게 저럴 수 있을까?

새끼 진돗개의 이름은 담비로 지었다. 담비는 쿵쿵따를 엄마처럼 따랐다. 아빠가 오래된 홍비 집을 수리해서 담비 집을 만들어 주었는데도 담비는 항상 쿵쿵따 집으로 가서 쿵쿵따에게 기댄 채 잠이 들었다. 쿵쿵따는 그런 담비를 품어 주었다.

쿵쿵따의 엄마 역할은 담비의 덩치가 자기보다 훨씬 커진 뒤로도 계속되어 항상 담비에게 먹이를 양보했고, 잠자리도 내어 주고, 몸도 핥아 주었다.

새끼 고양이 배변을 유도하는 엄마 개 쿵쿵따

쿵쿵따는 동물을 돌보는 데 종을 가리지 않았다. 어느 날 윗집 아주머니가 찾아오셔서 과일 창고에 길고양이 어미가 새끼를 낳고는 며칠 만에 죽어서 새끼 고양이들이 며칠째 울고 있다며 시

끄러워서 약을 놓아야겠다고 했다. 엄마 아빠가 바로 새끼 고양이들을 찾아 나서서 작고 여린 새끼 고양이 세 마리를 데려왔다. 엄마는 이제 막 태어난 새끼 고양이들에게 분유를 먹이며 정성껏 돌봤다. 한 달쯤 뒤 엄마 친구들이 두 마리를 입양하고, 한 마리는 우리 가족이 되었다.

부모님은 혼자 남은 고양이에게 씩씩하게 자라라고 씩씩이라는 이름을 지어 주었다. 쿵쿵따는 씩씩이에게도 관심을 보이더니 또 품기 시작했다. 심지어 새끼 고양이의 똥꼬를 핥아서 어미

처럼 배변을 유도했다. 마치 어미인 양 정성껏 돌봤다. 쿵쿵따에게 배웠는지 심지어 진돗개 담비도 씩씩이가 가끔 품으로 찾아들면 자기 집에서 재우며 보살폈다. 그런 아이들을 보면서 세상 사람들이 다 이렇게 살면 얼마나 평화로울까 싶었다.

담비는 성견이 되자 쿵쿵따와 붙어 자지는 않았다. 다 컸으니 당연한 일이다. 그런데 씩씩이는 성묘가 된 뒤에도 여전히 쿵쿵따 집을 드나들었다. 오동나무 근처에 자기 집이 따로 있는데도 쿵쿵따와 같이 지내려고 해서 아빠는 씩씩이 집을 쿵쿵따 집 지

붕 위로 옮겨 주었다. 그 후로 씩씩이는 늘 그곳에서 잠을 잤다. 가끔 씩씩이가 쿵쿵따 집에 누우면 쿵쿵따는 자리를 양보하고 집 밖 나무 데크에서 잤다. 어릴 때 다른 고양이에게 치이지 말라고 잘 먹인 덕분에 씩씩이 덩치가 거의 쿵쿵따 두 배만 해져서 같이 집에 들어가 잘 수 없게 되었기 때문이다. 자기보다 더 큰 뚱뚱이 고양이 씩씩이에게 자기 품을 내 주고 집까지 양보하는 쿵쿵따라니!

씩씩이는 마당에 나가기만 하면 멀리서도 깡충깡충 쏜살같이 뛰어와 사람 품에 안기는 그야말로 '개냥이(개처럼 붙임성이 좋은 고양이를 부르는 애칭)'였다. 멀리서 "씩씩아" 하고 부르면 "야오옹" 하고 대답하며 왔다. 이런 씩씩이를 보며 고양이를 처음 키우는 부모님은 고양이에 대한 여러 오해와 편견이 이젠 깨져야 한다고 목소리를 높였다. 옛날 사람들은 고양이한테 먹을 것은 커녕 요물이라며 길고양이를 보면 겁을 주고 때리고 하니 고양이가 어떻게 사람을 좋아할 수 있겠냐며 성토했다. 듣고 보니 맞는 말이었다. 엄마는 사람들이 고양이를 싫어하는 것은 고양이 탓이 아니라 사람 탓이라고 했다.

또한 고양이는 주인도 못 알아보고 사람과 친해지지 않는다는데 씩씩이는 안 그런다며 이게 다 쿵쿵따 덕분이라고 했다. 씩씩이가 고양이 성격을 안 닮은 것은 쿵쿵따가 키워서 그런 거라고.

쿵쿵따 덕분에 온순한 강아지 성격을 닮은 거라고 했다.

평소 동네 고양이나 개들에게 예민하게 구는 담비도 바비와 쿵쿵따와 씩씩이한테는 한없이 다정했다. 가족인 걸 아는 것 같았다. 씩씩이가 놀자고 달려들면 귀찮아하는 정도인데 동네 길고양이가 마당에 출몰하면 쫓아냈다. 그럴 때면 씩씩이는 늘 쿵쿵따와 담비 뒤에서 털을 한껏 세우고는 소리만 질렀다. 쿵쿵따가 늘 양보와 배려로 씩씩이를 챙기고, 담비는 씩씩이의 보디가드 역할을 톡톡히 했다.

씩씩이는 쿵쿵따 껌딱지다. 쿵쿵따가 집 안에서 자고 있으면 따라 들어가 자고, 쿵쿵따 집 앞에서 자기도 한다. 쿵쿵따에게는 좋은 사람 가족도 있지만, 든든하고 애틋한 동물 가족이 이렇게 많다.

쿵쿵따가 상으로 받은 거야, 맛있게 먹어!

쿵쿵따가 우리 집에 온 지 2년여쯤 되었을 때 동물 전문 출판사 책공장더불어에서 '행복한 유기동물 입양 선발대회'를 연다는 글을 보았다. 2007년도에 남아공에서 열린 '똥개 선발대회'를 모티브로 하여 하는 행사였다. 유기견을 입양한 반려인들이 모여서 입양 이야기를 나누고 함께 웃고 우는 인간과 반려동물 모두의 축제 공간이었다. 입양된 유기동물과 반려인의 행복한 모습을 보여 줌으로써 유기견과 길고양이 입양에 관한 인식을 바꾸고, 입양을 활성화하려는 취지로 열린 행사였다.

글을 읽으면서 '믹스견, 똥개'라는 단어가 눈에 확 들어왔다. 글을 보고 며칠을 고민하고 망설였다. 쿵쿵따의 사연을 아는 출판사에서 권유해서 지원을 결심했고, 쿵쿵따가 운이 좋았는지 본선에 진출하게 됐다.

쿵쿵따와 우리 가족은 모두 대회장에 출동했다. 엄청난 규모

의 반려동물 관련 업체들이 모였고, 반려동물과 나들이 겸 온 사람들로 북적였다. 고급 옷을 입은 반려견도 많았고 동물 관련 가구와 상품을 보면서 기가막힌 각종 기능에 놀라고, 가격에 한 번 더 놀라는 경험을 했다.

가족들은 축제의 장 안에서 살짝 위축되고, 쿵쿵따에게 미안한 마음이 들었다. 이런 좋은 것들을 척척 사줄 수 있고, 실내에서 지낼 수 있는 반려인을 만나는 게 쿵쿵따에게 더 좋지 않았을까 싶어서였다. 쿵쿵따가 어떤 가족을 만나면 더 행복했을까 부모님과 이야기를 나눴다. 전시장을 돌아다니며 외국에 나갈 때면 부러웠던 길거리 개들이 떠올랐다. 우리나라에서도 이렇게 편하게 반려견을 데리고 다닐 수 있는 날이 올까? 언제쯤이면 버스나 상점에서도 개들과 함께 다닐 수 있을까 궁금했는데 점점 그런 분위기로 바뀌고 있는 것 같았다.

대회가 시작되고 엄마가 쿵쿵따를 안고 무대에 올라가서 쿵쿵따의 입양 이야기를 많은 사람들에게 들려주었다. 그런데 무대 아래에서 밝게 웃으며 차례를 기다리던 엄마가 무대에 올라 쿵쿵따 이야기를 시작하자마자 폭풍 눈물을 흘리기 시작했다. 엄마는 쿵쿵따가 너무 말라 보이는 게 안타까웠던 이야기를 전했다. 하지만 다행히 건강검진에서도 아무 이상이 없고 잘 먹이는데도 살이 잘 안 찐다고 했다. 말을 하면서 자꾸 울컥하는 것이 보였다. 이곳에 모인 사람들은 엄마의 마음을 다 이해할 텐데 엄마는 쿵쿵따의 아픈 과거가 자꾸 생각났던 것 같다. 하지만 곧 마음을 진정시킨 엄마는 진행자의 물음에 밝게 답했다. 언제 눈물을 보였냐는 듯이 씩씩하게 쿵쿵따의 자랑 한보따리를 잊지 않고 풀어 놓았다.

유기동물을 입양한 사람들끼리 각자의 이야기를 하고, 서로 다독이며 공감하는 의미 있고 신나는 자리였다. 참석한 것만으로도 영광이고 즐거웠다. 그런데 쿵쿵따가 2등을 했다. 덕분에 사료와 간식을 선물로 잔뜩 받았다. 게다가 사료와 참가상, 퀴즈상 등도 타고 캔도 한 박스나 더 받았다.

처음 행사장에 들어섰을 때는 다른 반려인과 반려견을 보며 위축되었는데 대회에서 쿵쿵따가 상을 받고 나서부터 부모님은 달라졌다. 행사가 다 끝나고 행사장을 둘러보는데 부스를 방문할 때마다 대회에서 상을 탄 아이라며 누가 물어보지도 않았는데 자랑이 끊이지 않았다. 우리 가족은 많은 사료와 간식을 한 아름 안고 위풍당당하게 집으로 돌아왔다. 부모님은 집에 있던 아이들에게 간식을 챙겨 주면서 "이거 쿵쿵따가 상으로 받은 거야, 맛있게 먹어"라며 뿌듯해했다.

가족의 사랑이 만들어 낸 기적, 쿵쿵따의 변화

쿵쿵따는 입양 후 한동안 자기 몸에 사람 손이 닿으면 긴장하는 게 쉽게 사라지지 않았다. 여전히 안아 주려고 어깨 아래에 손을 넣으면 얼음 땡 놀이마냥 그대로 뻣뻣해지거나 움찔움찔했다. 기분이 좋으면 제자리에서 빙글빙글 도는 행동도 계속했다. 좁은 케이지 안에서 하던 행동을 버리지 못했다.

쿵쿵따는 가까이 있는 주변 사람들의 행동에 자주 놀랐다. 사람들의 모든 행동에 놀라는 것은 아니고 사람들이 앉아 있다가 벌떡 일어나거나 옆으로 빠르게 지나가면 깜짝 놀라 뒷걸음질을 쳤다. 가족들은 쿵쿵따가 스스로 마음의 문을 열 때까지 기다리고 또 기다렸다. 그러다 보니 언제부터인지도 모르게 깜짝 놀라는 모습이 슬슬 사라졌다.

처음 차를 타고 집에 올 때 멀미도 하지 않고 의젓하고 얌전하게 차를 타길래 바비와 외출할 때 같이 다닐 수 있겠다는 기대를 했는데 그건 바람으로 끝났다. 쿵쿵따는 집을 떠나는 것 자체를 싫어했다. 그러다 보니 차에 태우기가 쉽지 않았다. 차 옆에서 잘 놀다가도 차 문을 열고 "쿵쿵따! 차에 타자"라고 말하면 갑자기 얼음처럼 멈춰서 차를 한 번 쳐다보고는 곧바로 자기 집으로 쏙 들어가 버렸다.

다행히 사람 손이 닿으면 긴장하던 모습은 가족이 되고 2년이 지나면서 말끔히 없어졌다. 우리는 지금도 쿵쿵따 이야기를 할 때면 이 이야기를 빼놓지 않는다.

"우리를 가족으로 받아들이는 데 2년이나 걸린 거야."

"쿵쿵따가 으르렁거리거나 짖지를 않아서 몰랐던 거지."

"2년 정도 지나니까 자기 만져 달라고 하더라니까, 더 이상 뻣뻣하게 몸을 긴장하지 않게 됐어."

쿵쿵따가 우리를 가족으로 받아들여 주었을 때가 입양 후 2년. 하지만 빙글빙글 도는 쿵쿵따만의 행동은 없어지지 않았다. 밥 먹을 시간이면 밥 달라고 제자리에서 빙글빙글 돌고, 맛있는 것을 먹고 나면 기분이 좋아서 빙글빙글 돌았다. 처음에는 어지러

울까 봐 못하게 막기도 했는데 큰 문제는 아니라고 생각해서 하고 싶어 하는 대로 두었다.

비록 차를 타고 좋은 것을 보러 함께 가지는 못해도 매일 마당 구석구석을 탐색하고 아빠 무릎에 올라가 앉아 쓰담쓰담하는 손길을 즐기며 행복해하는 모습을 보는 것만으로도 충분했다.

5장
우리 집에는 할아버지 개가 산다

병원은 싫어요

쿵쿵따는 처음 집에 온 날부터 언제나 가족들에게 부드럽고 온화했지만 쿵쿵따의 마음속에 가족들을 믿고 받아들이는 데는 온전히 2년이라는 시간이 필요했다. 하지만 쿵쿵따가 여전히 싫어하는 게 있었다. 외출이다.

건강검진을 받기 위해 동물병원에 가려고 차에 탈 때면 쿵쿵따는 불안해했다. 쿵쿵따가 집에 온 지 3년, 11살이 되었을 때 눈에 염증이 발견되었다. 동네 병원에서 1년 정도 치료를 받았지만 좋아지지 않아서 결국 서울에 있는 큰 병원을 가야 했다. 차로 두 시간 정도 이동해야 하는데 쿵쿵따는 차에 타자마자 점점 멀어지는 집을 보며 안절부절못했다. 안전한 집을 떠나는 게 불안한 쿵쿵따의 마음을 충분히 이해할 수 있었다.

"괜찮아, 병원 갔다가 금방 다시 올 거야."

"꼭 집에 돌아올 거니까 안심해, 쿵쿵따."

병원에 도착해서도 쿵쿵따는 계속 싫다는 내색을 했다. 진료대 위에서는 가족을 향해 고개를 들이밀고, 부모님 품에 뛰어들려고만 했다. 엄마 아빠는 불안해하는 쿵쿵따를 꼭 안아 주었다. 진료와 치료가 끝나자 수의사가 육포를 주었는데 쿵쿵따는 고개를 획 돌리며 먹는 것도 거부했다. 육포가 싫다며 고개 돌리는 쿵쿵따를 보며 수의사는 쿵쿵따 같은 개는 처음 봤다고 신기해

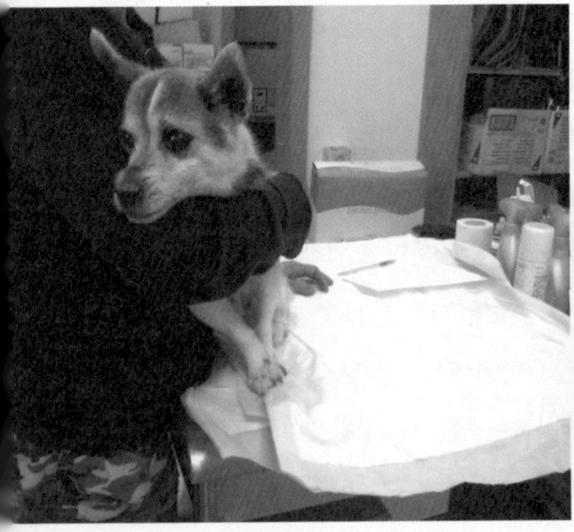

했다. 치료 결과는 각막궤양이었고, 안약을 꾸준히 넣으라는 처방을 받았다.

집으로 돌아오는 차 안에서 수의사가 준 육포를 다시 먹여 봤지만 쿵쿵따는 고개를 돌리며 완강히 거부했다. 두 시간을 넘는 동안 차 안에서 물도 간식도 입에 대지 않았다. 점심 식사 시간이 지났지만 불안해하는 쿵쿵따 때문에 돌아오는 길에 가족들도 식사를 못하고 최대한 빨리 집을 향해 차를 몰았다.

집에 도착한 후 쿵쿵따를 마당에 내려놓았다. 그러고는 육포를 건네자 언제 거부했냐는 듯 순식간에 입에 물고 어느 때보다 맛있게 먹었다. 이 모습을 본 엄마 아빠는 마음이 아팠다. 자기를 어디로 데려갈까 봐 그렇게나 불안했을까? 밖에서는 먹을 것도 거부할 정도로. 쿵쿵따와 차를 타고 함께 놀러가는 건 불가능할 것 같았다. 가족들의 이런 걱정을 아는지 모르는지 쿵쿵따는 육포를 맛있게 다 먹고는 마당을 이리저리 뛰어다녔다.

눈 염증으로 병원을 다녀온 지 몇 달 뒤, 봄볕이 너무 좋아 물을 따뜻하게 데워 쿵쿵따 목욕을 시켰다. 털을 말려 주던 중에 귀 끝에 염증이 있는 걸 발견했다. 쿵쿵따가 싫어하지만 어쩔 수 없이 동네 동물병원이라도 가야 했다. 그런데 차에 타야 하는 걸 눈치 챈 쿵쿵따가 자기 집에 쏙 들어가서 나오지 않았다. 쿵쿵따를 어르고 달래 차에 태우느라 애를 먹었다. 평소에도 차를 타고 집을 떠나는 것을 워낙 싫어했는데 나이 들면서 동물병원 갈 일이 종종 생기자 이제는 차에 타면 병원에 가는 줄 아는 거다.

수술 실습견일 때의 병원 생활이 떠오르는 것일까?

다시 병원에 혼자 남겨질까 봐 겁이 나나?

지금 행복하게 사는 쿵쿵따의 힘든 과거를 자꾸 되새기기 싫은데 이런 생각이 떠오르게 하는 일이 생기면 마음이 아프다. 동네 동물병원에서 귀 염증을 치료한 후 안약을 꾸준히 넣어도 나아질 기미가 없어 눈 진료도 부탁했는데 각막궤양이 진행된 지 오래되었다고 했다. 서울 유명 동물병원에 다니면서 치료를 꾸준히 했는데도 각막궤양이 여전히 진행 중이라니, 그것도 모르고 그저 안약만 넣어 주고 있었다. 쿵쿵따에게 미안했다.

눈 주위에 습진이 있어서인지 자기가 긁다가 각막염이 생긴 것 같다고 해서 주사를 맞고 약 처방을 받았다. 집으로 돌아오는 차 안에서 역시나 쿵쿵따는 엄마 품에 안겨 물도 간식도 먹지 않고 버텼다. 차가 집에 서고 마당에 내려지자 쿵쿵따는 밥을 찾아서 먹더니 간식을 달라고 졸랐다. 어디로 자기를 데려갈까 아직도 그렇게 불안하니 쿵쿵따야, 너는 아직도 아픈 시절을 잊지 못한 거니?

시력을
잃다

쿵쿵따의 눈에 눈곱과 염증이 번갈아 가며 생겼다. 서울의 병원에서 받아온 약을 먹이고 안약을 넣으면 조금 좋아지는 듯하

다가도 좀처럼 완전히 낫지를 않았다. 쿵쿵따가 힘들어하지만 어쩔 수 없이 더 큰 병원으로 정밀 검사를 받으러 갔다. 검사 결과 각막궤양이라는데 원인은 정확히 모른다고 했다. 혹시 수술을 하면 나을 수 있는지 다른 방법이 없는지 이런저런 검사를 해 보았지만 나이 든 아이들한테 많이 나타나는 증상이라 수술이 큰 효과가 없다는 결과를 받았다. 그리고 얼마 지나지 않아 실명하게 될 거라는 선고를 들었다. 실명.

수술을 할까? 수술을 해도 재발할 가능성이 크기 때문에 보호자가 수술에 대해서는 신중히 결정해야 한다고 했다. 쿵쿵따가 벌써 11살이 넘어서 나이가 많은 것도 고려해야 했다. 수술하려면 전신마취를 해야 하는데 쿵쿵따가 못 견딜 수도 있었다.

안타까운 마음에 서울에서 유명하다는 더 큰 병원에 가서 다시 검사를 받았다. 백내장이 진행되고 있고, 각막궤양은 수술을 해도 재발할 확률이 높다고 했다. 지난번 병원에서 들었던 수술 예후와 같은 진단이었다. 수술을 하면 몇 달이나 몇 년 정도 눈이 보일 수는 있지만 재발할 확률이 훨씬 높고 병원에서도 그런 경우가 많다고 했다. 쿵쿵따가 말을 할 줄 알면 이럴 때 결정하기가 쉬울 텐데.

온 가족이 며칠 동안 수술에 대해서 고민했다. 그리고 수술을 포기하기로 결정했다. 쿵쿵따를 위한 결정이었다. 오랫동안 수술 실습견으로 지내며 수도 없이 수술대에 오른 쿵쿵따에게 또 수술을 시킬 수는 없었다. 수술해도 재발할 확률이 높다는 것이 결정에 큰 역할을 했다. 마음은 아팠지만 이 선택이 최선이라고 생각했다. 2년 후 쿵쿵따는 시력을 잃었다. 가족이 된 지 5년 만의 일이었고 쿵쿵따의 나이 고작 13살이었다.

앞이 보이는 것처럼 마당을 돌아다니니 신기하네요

쿵쿵따는 시력을 잃었지만 머릿속에는 마당의 풍경이 고스란히 남아 있는 듯했다. 평소처럼 텃발을 망가뜨리지 않고 요리조리 잘 다녔으며 장독대 주변도 평소대로 살살이 살피면서 다녔다. 항상 소변을 보는 나무들에도 빠짐없이 들렀고 늘 하던 영역 표시도 잊지 않았다. 계단 옆 항아리와 큰 돌이 어디쯤 있는지도, 마당 입구에 활짝 핀 장미 넝쿨이 마당과 골목의 경계인 것도 여전히 알고 있었다.

마당에서 실컷 놀다가 클로버가 자란 풀발에 도착하면 우물가를 지나 집으로 들어갔다. 자기 집이 어디에 있는지 다 보이는 것처럼 아무것에도 방해받지 않고 다녔다.

엄마 아빠는 그런 쿵쿵따를 위해 마당의 모든 것을 제자리에 두었다. 작은 것 하나도 옮기지 않고, 새로운 것을 놓아 두지도 않았다. 마당을 쿵쿵따가 기억하는 모습 그대로 두었다. 가끔 집 앞으로 등산객들이 지나가면 쿵쿵따는 낯선 냄새를 맡고 코를 킁킁댔다. 후각으로 낯선 사람들이 오는지도 알아챘다. 게다가 그 사람들이 어디서 오고 어디로 가는지도 알고 있는 듯 정확히 사람들이 걸어오는 방향으로 머리를 향했다.

사람들이 어느 방향에서 오는지 알기 때문에 놀라지 않고 가만히 서서 고개만 돌렸다. 겁을 내는 쪽은 앞이 안 보이는 쿵쿵따가 아니라 오히려 등산객들이었다. 쿵쿵따가 집중하며 공기의 냄새와 흐름을 알아채는 행동을 보면서 사람들이 자신들을 공격하려고 준비하는 것으로 오해할 때도 있었다.

"어머, 쟤가 우릴 경계하나 봐요."

"자꾸 쳐다보네요."

손가락으로 가리키며 뒷걸음질치기도 했다. 그럴 때면 부모님은 앞이 안 보이는데 냄새로 낯선 사람이 근처에 있다는 걸 알아서 그렇다고 설명하곤 했다. 등산객들은 믿을 수 없다는 표정으로 쿵쿵따를 한참 바라보면서 신기해했다.

“꼭 앞이 보이는 것처럼 마당을 잘 돌아다니니 참 신기하네요.”

“정말 안 보이는 거 맞아요?”

마당을 자유롭게 돌아다니는 것을 보며 여러 번 묻기도 했다. 쿵쿵따가 마당 전부를 기억하고 있다는 게 신기했나 보다. 하지만 가족들은 안다. 쿵쿵따에게 이 마당이 얼마나 소중한 공간이고, 그래서 쿵쿵따가 소중하게 머릿속에 간직하고 있다는 것을.

평화주의자 쿵쿵따

어느 날 시골 동네에서 처음 보는 하얀색의 고양이가 나타났다. 품종묘 페르시안 고양이였다. 역시나 이 고양이를 돌보게 된 사람은 부모님이었고 고양이는 주는 밥을 먹으며 잘 지냈다. 그런데 한 달쯤 지나자 이 고양이가 새끼들을 줄줄이 데리고 우리 마당으로 들어왔다. 어려 보여서 임신을 했을 거라고는 생각도 하지 못했다. 가족들은 깜짝 놀란 동시에 당황했다.

흰 고양이가 데리고 온 새끼 네 마리는 마당에서 밥도 먹고 놀

앉지만 경계심이 심해서 만지는 것은 거부했다. 그런데 사람과 거리두기를 하는 것에 비해 쿵쿵따와는 잘 지냈다. 쿵쿵따가 마당에서 산책 루틴을 따라 여기저기 돌아다녀도 고양이들은 도망가지 않고 지켜보기만 했다. 그중 용기 있는 녀석은 쿵쿵따 몸 위로 점프하면서 장난도 쳤다. 쿵쿵따는 그런 새끼 고양이들을 귀찮아하거나 피하지 않고 다 받아 주었다. 새롭게 나타난 고양이 가족들과 마당을 평화롭게 공유했다.

남동생은 반려견인 공주, 별이와 함께 종종 집에 왔다. 쿵쿵따는 공주와 별이에게도 인기 만점이었다. 공주, 별이와 몸집이 비슷한 쿵쿵따는 아이들이 장난을 걸어도 피하지 않고 잘 받아 주었다. 냄새도 킁킁 맡았다. 평소에는 바비 꽁무니만 쫓아다녔는데 공주와 별이가 오면 상황이 달라졌다. 쿵쿵따가 쫓아다니는 게 아니라 공주와 별이가 쿵쿵따를 따라다녔다. 쿵쿵따가 마당

과 집 구석구석을 다니면 둘이 쪼르륵 달려가 같이 냄새도 킁킁 맡고 땅에 코도 박으면서 그대로 따라했다.

그 모습이 정말 행복했다. 마치 쿵쿵따가 그동안 탐험한 마당 구석의 숨겨진 보물들을 공주와 별이에게 소개하는 것 같았다. "내가 좋아하는 거 너희한테도 보여 줄게" 하는 것처럼. 셋이 우르르 몰려다니는 모습이 봄날의 햇살보다 눈부셨다.

시골의 느리지만 작은 변화

20여 년을 살고 있는 시골 마을은 동물에 대한 인식이 영원히 변하지 않을 것 같았는데 시간이 갈수록 바뀌고 있는 것을 피부로 느낀다. 마을 창고에서 며칠째 새끼 고양이 소리가 들린다며 우리 집에 알리기 시작한 것이 시작이었다. 고양이가 농사를 망친다거나 재수가 없다는 이유로 농약을 놓는 경우가 많았는데 이제는 어미가 어디 가서 안 오는 모양이라며 새끼를 찾아 데려가라고 연락을 한다.

한 번은 쥐를 잡으려고 놓은 쥐덫에 고양이 발이 끼었다고 우리 집에 연락한 분도 있었다. 우리 집이 시골 동네 동물 구조대인 듯하다. 한 번은 고양이가 나무에 너무 높이 올라가 사람이 도저히 잡을 수가 없어서 119를 불러 포획하기도 했다. 구조대원은 구조한 고양이의 발이 거의 잘려서 너덜너덜 한 상태를 보고 얼마 못 살고 죽을 거라며 그냥 두라고 했는데 꼭 잡아 달라는 우리의 부탁에 어렵게 포획해 주었다. 바로 동물병원으로 데려가 진료를 받았는데 안타깝게도 덫에 걸렸던 앞발은 절단해야 했다. 다행히 치료가 잘 되어서 퇴원 후 우리 마당에서 잘 살고 있다.

집집마다 1미터도 되지 않는 짧은 끈에 묶여 평생 산책 한 번 못하고 살던 동네 개들에게도 조금씩 긍정적인 변화가 생겼다. 집에서 키우는 동물은 먹다 남은 밥이나 먹고 때가 되면 팔려가는 것이 당연하다고 생각했던 옆집에서 이제는 아침저녁으로 개에게 목줄을 하고 산책을 다닌다. 우리 부모님이 아이들과 다니는 산책 코스가 있는데 그분도 개와 산책할 때 그곳을 산책 코스로 이용하고 있다. 마당에서 거칠게 키우고 있지만 개를 무척 아낀다는 말에 안도감이 들었다. 새벽에 일어나셔서 농사일로 바쁜데도 하루 두 번 꼭 개와 산책을 하는 그 분을 보고 있으면 이 작은 시골구석도 많이 달라졌구나 싶다. 보호자와 함께 산책길을 폴짝폴짝 걸어가는 개의 뒷모습을 보고 있으면 웃음이 절로 난다. 이렇게 시골에도 변화가 생기고 있다.

나이 들어가는 반려견

2007년 3월에 8살 나이로 우리 집에 온 쿵쿵따는 시력을 잃고 난 후에도 여전히 좋아하는 마당을 활보하고 다녔다. 가족이 된 지 6년이 넘어가면서 14살이 된 쿵쿵따를 보며, 우리 가족은 다른 아이들에 비해 너무 빨리 나이 들어가는 것 같다고 생각했다. 14살이면 노견에 속하고 여러 질병이 생기고 노쇠해지는 것이 당연한데도 우리는 쿵쿵따의 작은 변화에도 동물병원의 경험을 떠올렸다.

시력을 잃었을 때는 어릴 적 수술을 너무 많이 받은 탓을 했고, 기력이 없어 보일 때는 수술 실습견 기간이 너무 길어서 그런 것 같다고 생각했다. 그럴수록 끼니마다 맛있는 캔과 사료를 섞어 주고 보양식이 될 만한 것을 챙겼다. 아침마다 달걀 하나를 풀어서 약간의 사료와 섞여 먹이고, 닭 육수에 달걀을 풀어 삶은 멸치를 섞여 먹였다. 쿵쿵따의 건강이 아주 나빠지지 않은 것은 이렇게 잘 먹인 엄마 아빠 덕이라고 생각한다.

겨울을 지날 때마다 걱정이 가득했지만 언제나 겨울을 잘 견뎌내고 봄이면 다시 활기를 되찾았다. 그런데 나이가 들면서 쿵쿵따에게는 신기한 현상이 일어났다. 겨울을 맞이할 때마다 턱밑에 하얀색 긴 수염이 수북하게 자랐고 발가락 사이사이에도 하얀색 긴 털이 자랐다. 그래서 겨울이 되면 긴 수염을 기른 할아버지처럼 보였다. 하지만 봄이 되면 수염과 발가락 사이 털이 다 사라졌다. 우리 가족은 봄이 오면 회춘하는 쿵쿵따를 보는 것이 마냥 좋았다.

쿵쿵따는 앞이 보이지 않는데도 여전히 마당을 이리저리 잘 돌아다녔다. 마당 여기저기 항상 탐색하던 곳은 하나도 빠짐없이 점검하고 마킹을 했다. 쿵쿵따만의 코스를 매일 빼먹지 않고 도는 것만 봐도 가족들은 안심이 되었다.

시력을 잃은 것 말고는 우리 가족 눈에 쿵쿵따는 여전히 8살 그때의 모습으로 보였다. 매번 겨울이 다가오면 작년보다 더 춥지 않기를 바랐고, 어서 생명력 넘치는 봄이 오기를 기다렸다. 쿵쿵따는 그렇게 한 해 한 해를 지팡이 짚듯이 천천히 넘어갔다.

우리 집에는
할아버지 개가 산다

쿵쿵따가 나이 들면서 가장 걱정되는 것은 겨울나기였다. 사람이나 동물이나 나이 들면 다 그렇듯 추운 겨울에 특히 건강이 나빠질 수 있기 때문이었다. 쿵쿵따 집 바닥에 설치해 둔 온돌에 쿵쿵따가 몸을 오랫동안 대고 있자 그 부분에 털이 빠지기 시작했다. 어쩔 수 없이 전기를 끄고 전구를 켜서 공기를 따뜻하게 했다. 밤이 되면 쿵쿵따, 담비, 씩씩이와 길고양이 식구네 집에 보온 물주머니를 넣어 준다. 엄마가 직접 만든 물주머니 덮개를

씌우고 주머니에 뜨거운 물을 부어 잠자리에 넣어 주면 아침까지 따뜻한 온기가 남는다.

쿵쿵따가 17살이 되자 낮에도 추위를 타는 것 같아서 아침에도 쿵쿵따의 물주머니를 따뜻한 물로 다시 채웠다. 아침에 쿵쿵따의 물주머니를 갈아 주려고 집 안을 들여다보면 집 안쪽 깊숙이 넣어놓은 보온 물주머니를 씩씩이 혼자 독차지하고 쿵쿵따는 그 옆에서 잠이 들어 있는 경우가 많았다. 그러다 보니 종종 씩씩이는 아빠에게 잔소리를 들었다.

"씩씩아, 할아버지 쿵쿵따한테 이젠 네가 양보해야지."

아무리 잔소리를 해도 씩씩이는 들은 체 만 체 하며 쿵쿵따의 따뜻한 품속으로 파고들면서 보온병을 차지하기에 바빴다. 그러면 쿵쿵따는 또 당연한 듯 씩씩이에게 자기 자리를 양보했다. 덕분에 부모님은 새벽에도 몇 번씩 쿵쿵따 집을 들여다보며 물주머니를 쿵쿵따 옆으로 옮겨 주기를 반복했다.

엄마는 오전에 시내의 문화센터에 간다. 수업이 끝나면 친구들이 같이 저녁 먹고 가자고 청해도 겨울에는 수업이 끝나기가 무섭게 집으로 돌아왔다. 엄마를 붙잡는 친구들에게 늘 이렇게 말했다.

"우리 집에 할아버지가 있어서 일찍 가봐야 하는 거 알잖아. 해지기 전에 들어가서 밥도 챙기고 보온 물주머니도 만들어 줘야 해.”

“어머, 집에 시아버지가 계셨어?”

“에구, 이 언니는… 나이 많은 개 말하는 거잖아.”

다들 박장대소. 이렇게 가족들은 그저 쿵쿵따가 겨울을 건강하게 나기만을 바랐다. 쿵쿵따는 할아버지처럼 흰 수염이 자라고 털도 하얗게 변했다. 하지만 가족들의 눈에는 여전히 8살 처음 봤을 때 그 모습 그대로다.

마당에서의 행복한 기억만 간직하기를

날이 갈수록 쿵쿵따는 얼굴 살이 빠져 핼쑥해졌다. 할아버지처럼 입 주변과 턱에 있는 털들이 전부 하얗게 변했다. 그러면서도 마당은 여전히 잘 돌아다녔다. 할아버지처럼 흰 수염이 자라 얼굴이 온통 하얀 털로 변했어도, 17살이 되었어도 가족 눈에는 여전히 어린아이 같았다. 하지만 나이는 속일 수 없어서 귀도 잘 안 들리게 되었고, 마당에 나와 있는 시간보다는 집 안에 누워 있는 시간이 더 길었다. 다행히 식성은 여전해서 닭고기를 잘게 찢어 입에 대주면 잘 먹었다. 그럼, 잘 먹는 것이 가장 중요하다.

여전히 간식을 줄 때면 가족 손가락이 다칠까 입술로 살짝 받아 먹는 속 깊은 쿵쿵따다.

한 해 한 해를 잘 보내던 쿵쿵따는 평생의 짝사랑 상대였던 바비가 무지개다리를 건넌 한 달 뒤 바비를 따라 무지개다리를 건넜다. 떠나기 며칠 전부터 쿵쿵따가 움직임이 없고, 집 안에 누워만 있어서 아침저녁은 물론 새벽에도 나와 쿵쿵따를 확인하고는 했다. 오늘이 마지막이 될까 하고 준비하면 하루를 더 견뎌내기를 반복했다. 며칠 뒤 쿵쿵따는 그렇게 자기 집에서 조용히, 편안한 모습으로 마지막 숨을 쉬었다.

2007년 8살에 우리 가족이 되어 10년을 살다가 18살의 생을 마감했다. 바비도 쿵쿵따도 모두 노견으로 눈도 귀도 어두워졌지만 가는 날은 평온하게 조용히 눈을 감았다. 우리 집 뒷마당은 얕은 야산과 접해 있어서 같이 살던 반려견과 반려묘가 떠나면 그곳에 묻었다. 쫑이가 묻힌 옆에 고양이가 묻히고 그 옆에 바비와 쿵쿵따가 잠들었다.

병원 가던 길을 제외하면 평생을 집 밖으로 나가 본 적이 없는 쿵쿵따. 쿵쿵따는 우리 집을 우리 가족을 어떻게 기억할까? 지금도 여전히 우리 가족은 쿵쿵따 이야기를 많이 한다. 쿵쿵따 이야기를 할 때면 빠지지 않는 이야기가 있다. 앞이 안 보일 때도 늘 했던 것처럼 온 마당을 돌아다니며 마킹을 하는 자신만의 장

소를 정확히 찾아간 것이다. 아랫집과 윗집의 경계를 절대 넘지 않으면서 우물 주위나 돌배나무 아래, 마당 입구 골목 수풀 아래 등에서 한 번도 벗어난 적 없이 항상 왼쪽 발을 살짝 들고 정확하게 포즈를 취하면서 오줌을 누고는 바로 집으로 쏙 들어갔다. 그 모습이 눈에 선하다.

우리 가족들이 자기 얘기하는 것을 쿵쿵따는 다 듣고 있을까?

부디 아픈 기억은 다 잊고 마당에서의 행복하고 편안한 생만 기억하기를.

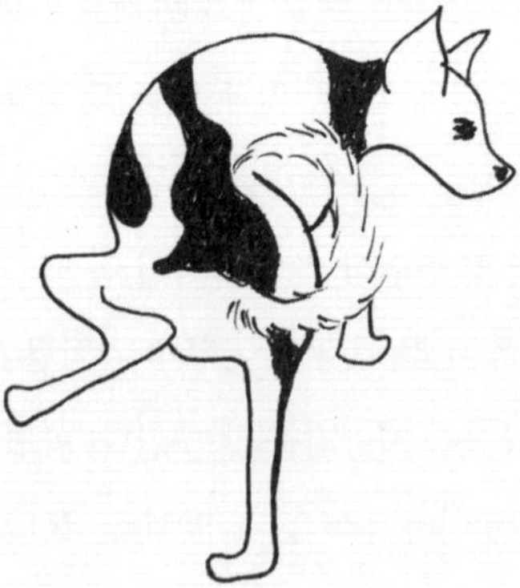

수술 실습견의 현실과 법

울릉도 유기견 수술 실습 사건

2016년 7~12월, 동물권행동 카라는 울릉도에서 수술 실습견 12마리를 구조했다. 수술 연습을 위해 수술대에 올려졌던 개들로 모두 울릉도 유기동물 보호소가 보호하던 유기견이었다.

상상하기 힘든 일을 벌인 자들은 수의사였다. '울릉도 유기견 수술 실습'이라 불린 이 사건으로 2명의 수의사가 입건됐다. 한 명은 울릉군 내 유일한 동물병원을 운영 중이던 수의사로 가축 전염병 예방 및 방역을 위해 2015년 울릉군에서 위촉한 공수의사(가축 질병 예방과 진찰, 방역 업무 등을 위해 지자체에서 위촉하는 수의사)로서 울릉군과 계약을 맺고 유기동물의 보호 및 관련 행정을 수행해야 하는 지자체 위탁 유기동물 보호소 소장이었다. 또 다른 한 명은 수의사 자격을 갖춘 뒤 공중방역수의사로 군 대체복무 기간 중이었다.

동물보호법은 유실·유기 동물을 대상으로 하는 실험을 금지하고 있으며 이를 위반하면 50만 원 이하의 벌금에 처한다(2023년 현재는 300만 원 이하의 벌금으로 상향). 그런데 울릉도 유기동물보호소 소장이었던 수의사와 공중방역수의사 등은 보호소로 들어오는 유기동물을 2년에 걸쳐 수술 연습에 불법 동원했다.

이런 정황이 제보를 통해 언론에 보도됐고 수사가 시작됐다. 보호소에 있던 개 10마리(초코를 포함한 성견 7마리와 초코가 낳은 새끼 3마리)가 증거로 경찰에 압수됐다. 압수된 개들의 몸에는 수술 흉터가 남아 있었다. 개체별로 적게는 2회, 많게는 5회까지 수술을 당한 것으로 드러났다. 슬개골탈구 수술, 항문낭 수술, 중성화수술, 성대제거수술, 제3안검 돌출 수술 등이었다. 유기견들이 당한 수술은 대부분 동물병원에서 많이 이뤄지는 수술이라서 수술 실습용이었을 것으로 추정됐다. 특히 보호소에 있는 유기견에게 성대제거수술을 한 것은 설명이 되지 않았다. 수의사들은 실습을 위한 수술이 아니라 동물에게 필요한 수술이었다고 주장했다.

의무로 남겼어야 하는 진료 기록은 어디에도 없었고, 1살 미만의 개를 수술하거나 개가 단기간 내 여러 번 수술을 당한 점도 수상했다. 이 사건의 핵심 인물인 공수의사는 울릉도에 오기 전 다른 지역에서 동물병원을 운영할 때 주로 소, 돼지 등 축산동물을 다룬 것으로 알려졌다. 대동물만 진료해 오던 수의사가 분야가 다른 반려동물에 대한 임상 경험 축적을 위해 수술 연습 대상을 찾았던 것으로 보였다.

'대학생들이 수술할 때도 있었다', '모 수의대 학생들이 수술 실습을 위해 섬에 들어오곤 했다' 등의 추가 제보로 미루어 본다면 수의대에서 공공연히 자행되는 동물 수술 실습 풍토와 연결됐을 수 있었다. 이런 수술 실습이 수의대와 결탁되어 울릉도에서 상습적으로 이뤄져 왔음을 의심할 수 있었다.

수술 실습에 보호소 유기견을 이용한 수의사들

울릉도 유기동물 보호소의 자료는 엉망이었다. 유기동물의 입소부터 퇴소까지 모든 기록이 투명하게 관리되지 못했다. 기사화되기 전후로 국가동물보호정보시스템에서 울릉도 유기동물 보호소의 내용은 끼워 맞추기 식으로 변경되는 일이 많았다.

카라 자체 조사 결과 ▲ 보호소에 입소했는데도 공고에 올리지 않은 개체 3마리(3마리 중 2마리는 경찰이 압수했고, 한 마리는 안락사했다고 자백함) ▲ 공고에 '보호 중'이라고 뜨지만 사라진 개체 2마리(경찰압수 대상에 해당 동물이 없는 것이 확인되자 갑자기 '안락사'로 변경함), ▲ 공고에 '보호 중'이라고 뜨지만 보도 후 공수의사 '입양'으로 바뀐 개체 2마리 등을 확인했다.

관리대장을 보면 2014년 9월 이후 수의사들 이름으로 입양된 개 9마리(공수의사 7마리, 공중방역수의사 2마리) 중에서 사라진 개체가 5마리였다. 죽었을 것으로 추정됐다.

경찰이 압수한 7마리 성견은 출산한 지 얼마 안 된 초코를 제외하고 6마리 모두 여러 개의 수술 흔적을 갖고 있었다. 수의사들이 안락사했다고 자백한 땡칠이는 이미 사망하여 찾을 수 없었다.

수의사들은 일체의 진료 기록을 남기지 않은 채 보호소 유기견을 공고 기간 뒤 입양해 수술 실습에 사용하고, 미공고 상태에서 수술 연습에 이용하다 사망케 했으며, 보호 중인 유기견을 수술했다. 보호소에서 안락사 처리했거나 수의사 입양 후 사라진 개들 역시 수술 연습에 동원되었을 가능성이 높다.

카라는 수의사 면허 취소 등 엄벌을 요청하는 3천 시민의 진정서를 모아서 수사기관인 울릉경찰서에 제출했다. 그러나 2016년 7월 입건된 울릉도 유기견 수술 실습 사건은 수사에 오랜 시간이 소요되었음에도 불구하고 정식 재판으로 가지 못하고 2018년 4월 약식기소 되어 벌금형으로 종결되었다. 이는 사건에 연루된 수의사들의 면허 유지를 의미한다. 수의사 면허 취소는 금고 이상의 실형을 받아야 가능하다.

울릉도는 수의사가 귀해서 축산 농장과 도축장 운영, 가축 방역 등을 위해 수의사가 꼭 필요하다는 이야기를 들었다. 이번 사건의 핵심인 공수의사는 지난 47년간 울릉도 공수의사가 단 1명뿐이었던 상황에서 2015년 공수의사가 신규로 위촉되어 언론에 기사화되기도 했다.

수술 실습은 동물에게 정당한 사유 없이 상해를 입히는 것이어서 동물학대 행위다. 심지어 동물실험을 금지하고 있는 유기견을 대상으로 지자체 보호소에서 일어난 끔찍한 사건임에도 아쉬운 결과였다.

수술대 위에서 죽었거나 사라진 동물들은 울릉도에 영원한 침묵으로 남겨졌다.

울릉도에서 구조된 12마리, 입양 일지!

마루타(인체 실험의 대상자를 이르는 말. 제2차 세계대전 당시 일본의 세균 부대 중 하나였던 731부대에서 희생된 사람들을 가리키는 말)가 되고 싶은 사람은 없다. 동물도 마찬가지다. 울릉도에서 얼마나 오래, 얼마나 많은 사람들이, 얼마나 많은 동물을 마루타처럼 수술 실험에 사용해 왔을까. 그 지옥에서 살아남은 동물은 어떻게 됐을까?

카라는 울릉도에서 수술 실습견이었거나 수술 실습견이 될 뻔한 12마리를 전원 구조했다. 유기동물을 보호하지 않고 수술 실습견으로 공급한 곳에 단 1마리도 남겨두고 올 수는 없었다. 수술 연습에 동원된 실습견 6마리(비니, 덩치, 콕, 마루, 찌리 1, 찌리 2), 가까스로 수술을 면한 초코, 초코의 새끼 3마리(을이, 로이, 코코), 그새 울릉도에 버려진 유기견 2마리(모모, 봄이)까지 총 12마리가 순차적으로 구조되었다.

2016년 7월 9일 2마리가 우선 구조되어 서울로 왔고, 나머지 개들은 수사상의 이유로 기다려야 했다. 그 해 11월 나머지 개들을 데리고 나오려던 날 공수의사가 현장에 나타나 난데없이 마루의 소유권을 주장했다. 마루는 수술을 제일 많이 당했지만 용케 살아남은 개였다. 공수의사는 마루의 이름이 마루타에서 따온 것이라며 주변에 공공연하게 떠벌리고 다녔다고 했다. 마루는 수의사 진술로 확인된 수술만 슬개골탈구 수술, 항문낭 수술, 중성화 수술, 성대제거수술, 제3안검 돌출 수술 등 최소 5개에 달했다.

그 해의 마지막 배 편을 놓칠 수 없어 마루를 제외한 9마리만 데리고 섬을 나와야 했다(현행 동물보호법은 피학대 동물을 학대자로부터 격리시킬 수는 있지만 학대자의 소유권을 강제 박탈하지는 못한다). 마루는 사건 발생 직후까지도 동물 상태가 유기동물 보호소 '보호 중'이었지 '입양'이 아니었음에도 울릉경찰서와 울릉군청이 마루의 소유를 우기는 수의사의 주장을 인정했다. 다행히 이후 울릉군의 개입과 설득으로 2016년 12월 8일 마루가 카라의 품에 안겼다.

울릉도에서 구조된 일명 '울릉이들'은 모진 일을 겪고도 해맑았다. 세상에서 제일 착한 개인 것마냥 사람을 좋아했다. 칠흑 같은 어둠과 대비되어 더욱 찬란히 빛나는 밤하늘의 별들 같았다. 감춰질 뻔했던 사건을 온몸으로 증언하고 죽지 않고 살아남은 소중한 생존자들이다.

울릉도 구조견들의 사연이 시민들에게 전해져서 구조 한 달 후부터 임시보호와 입양이 착착 이뤄졌다. 사람들의 따뜻한 관심과 활동가 모두의 진심 어린 노력 덕분이었다.

울릉도 구조견 12마리 가운데 11마리가 평생 가족을 만났다. 입양자들이 수술 후유증에 대해서 불안해하지 않을까 걱정했지만 기우였다. 오히려 개들이 과거의 고통스러운 기억을 하루 빨리 잊고 삶다운 삶을 살 수 있도록 사랑으로 품어 주고자 했다. 가장 많이 수술을 당하고 마지막에 구조된 마루도 좋은 집에 입양되어 새 출발을 했다. 마루는 지금도 잘 지내고 있다.

끝내 입양을 가지 못한 구조 개체는 찌리 2다. 자매로 추정되는 찌리 2와 찌리 1은 한 살도 되기 전에 여러 차례의 수술을 당했다. 찌리 1은 살짝 입질이 있을 정도로 무척 예민했다. 검진 결과 울릉도에서 강제로 받은 항문낭 수술이 잘못되어 괄약근손상이 있었다. 이런 과거가 있어서 사람과 거리를 두었지만 산책을 좋아했고, 결국 평생 가족을 만났다.

찌리 2는 처음부터 사람을 좋아하고 성격이 좋아서 입양을 빨리 갈 거라고 생각했는데 건강에 적신호가 켜졌다. 당뇨를 진단받은 것이다. 카라에서 조심조심 돌봤다. 2019년 3월 거대결장으로 응급 수술을 받았지만 사망하고 말았다. 겨우 세 살. 짧고 험난한 생을 살았던 천사 같던 찌리 2. 평생 가족을 만나지 못했지만 카라의 품에서 좋은 추억을 많이 가져갔기를 빈다.

경북대 실습견 사건과 서울대 복제견 사건

얼마 지나지 않은 2019년 경북대 수의대 실습견 사건이 터졌다. 교수가 살아 있는 개들을 대상으로 수의산과학 실습을 진행했는데 문제가 많았다. 강제교배를 통해 분만에 이르게 하고, 태어난 새끼들의 입양을 학생들에게 떠맡겼다. 질 도말(암컷의 교배 적기를 파악하기 위해 질내에 도구를 삽입하고, 세포를 채취해서 세포의 변화를 관찰하는 검사로 동물에게 큰 고통을 유발한다) 실습을 반복적으로 하고, 아픈 개도 질 도말 실습에 동원했다. 질 도말 실습은 번식업자를 방불케 할 정도로 과도했으며 강제 발정 유도 등 실제 개들의 강제교배로 이어지곤 했다.

수업 실습용으로 살고 있는 개들의 환경도 열악했다. 아파도 치료해 주지 않았고 다시 실습에 동원하기도 했다. 대학교에서 이뤄지는 사각지대 실험동물의 실상이었다. 또한 실습에 이용되는 개들은 대구 칠성 개시장에서 샀다. 담당 교수는 건강원에서 개를 구입한 뒤 서류에는 정상적인 출처인 것처럼 'oo동물센터'라고 기록했다.

개탄스럽지만 생체 실습은 특정 대학의 문제가 아니다. 제주대 수의대 교수는 2020년 3월 학생들에게 해부 실습을 원하면 '안락사 예정인 개를 개인적으로 직접 구해 오라'고 했다. 논란이 되자 학교 측은 '동물 보호자로부터 해부 실습용 기증서를 받아 진행할 것임을 이야기한 것'이라고 해명했다. 보호자의 동의만 있으면 반려견을 실습에 이용하고 안락사 해도 문제가 되지 않는다고 학교는 생각하고 있었다.

동물보호법은 보호자라도 정당한 사유 없이 동물을 죽음에 이르게 하는 행위를 동물학대로 금지하고 있다. 자신의 반려동물이라도 보호자 마음대로 동물을 임의로 죽일 수 없다는 의미다.

실험동물법은 동물실험 시설에서 실험동물을 사용하는 경우, 반드시 등록된 실험동물 공급자를 통하여 공급된 실험동물만을 사용해야 하며 위반할 경우 벌금 200만 원에 처한다. 이는 실험동물이 공급되는 과정에서 또 다른 동물학대가 발생하지 않도록 제어하는 기초적인 장치다. 다만, 대학교 등의 연구기관은 실험동물법에 따른 동물실험 시설의 범위에 들어가지 않는다. 현재 학교도 실험동물 공급처를 확인해야 하는 대상에 넣어야 한다는 다툼이 이어지고 있다. 학교에서 이뤄지는 생체 실습, 생체 실습 동물의 불투명한 공급처 문제가 계속해서 불거져 나오고 있기 때문이다.

현행법상 대학교 등 연구기관의 경우에도 동물실험윤리위원회는 꼭 설치해야 한다. 또한 동물보호법에서 규정하는 동물실험의 원칙과 금지의 제재 또한 학교에 적용된다. 유기동물이나 사역동물을 대상으로 하는 실험 금지는 학교든 동물실험 시설이든 모두가 지켜야 하는 사항이다. 그러나 동물실험윤리위원회 설치와 운영, 일부 동물에 대한 실험을 금지하는 상기 조항만으로 대학교 등 연구기관에 공급되는 실험동물 출처 문제를 명확하게 해소할 수 없다. 현실에서는 유기동물이나 사역동물을 이용한 실험도 이뤄지고 있다. 뿐만 아니라 위법임에도 보호자가 사육 포기의 수단으로 근거 없이 안락사를 결정하거나 우리나라는 개식용 산업이 현존하기에 음지에서 손쉽게 실습용 동물을 구할 수 있다.

파면된 전 서울대 수의대 이병천 교수는 개 복제 연구를 위해 불법 개 농장과 결탁해서 10년 넘는 기간 동안 개 농장주로부터 실험동물을 부정하게 공급받았다. 개 1마리를 복제하기 위해

100마리가 넘는 불법 개농장 개들을 난자채취 및 대리모로 이용했으며 이용한 개들은 용도가 다하면 다시 개농장으로 보내져 도살됐다.

이런 내용이 2017년 공익 제보자의 고발로 세상에 처음 알려졌고, 2019년에 실험에 이용한 사역견 메이가 사망하면서 공분을 일으켰다. 사역동물에 대한 실험은 금지되어 있었지만 이를 위반하고 여러 사역동물을 실험에 동원했다. 또한 동물실험윤리위원회에는 이 내용을 누락시켰다. 감사를 피하기 위해 상태가 안 좋은 실험동물을 개 농장으로 빼돌린 정황도 카라의 자체 조사 결과 밝혀졌다.

이병천은 시민사회의 노력으로 농촌진흥청 등을 통한 국가 복제연구사업의 독점적 수혜자 자리에서 내려왔지만 문제적 동물실험을 가능케 했던 제도, 특히 실험동물 공급과 출처 문제는 여전히 바뀌지 않고 있다.

현행법의 한계를 개선하려고 실험동물 공급처를 규제하는 실험동물법 적용 대상에 대학교가 포함되도록 2018년 '실험동물법 개정안'이 발의되었지만 임기만료로 폐기되었다. 2020년에도 실험동물 공급자가 아닌 자로부터 공급받은 동물을 대상으로 하는 동물실험을 금지하는 '동물보호법 개정안'이 발의되었지만 해당 부분 반영 없이 폐기됐다. 이처럼 학습권 침해나 연구의 위축을 우려하는 반대 또한 만만치 않다. 동물실험에 대한 문제제기는 계속되고 있지만 변화가 더딘 제도 뒤에 숨어 여전히 경북대, 제주대, 서울대 같은 일들이 벌어지고 있다.

김현지(동물권행동 카라 더봄센터 센터장)

실험 쥐 구름과 별
동물실험 후 안락사 직전의 실험 쥐 20마리가 구조되었다. 일반인에게 입양된 후 평범하고 행복한 시간을 보낸 그들의 삶을 기록했다.

유기동물에 관한 슬픈 보고서 (환경부 선정 우수환경도서, 어린이도서연구회에서 뽑은 어린이·청소년 책, 한국간행물윤리위원회 좋은 책, 어린이문화진흥회 좋은 어린이책)
동물보호소에서 안락사를 기다리는 유기견, 유기묘의 모습을 사진으로 담았다. 인간이 애써 외면하는 불편한 진실을 고발한다.

유기견 입양 교과서
보호소에 입소한 유기견을 입양 보내기 위해 활동가, 봉사자, 임보자가 어떻게 교육하고 어떤 노력을 해야 하는지 알려준다.

개.똥.승. (세종도서 문학 부문)
백구 세 마리와 사는 스님이 지구에서 다른 생명체와 더불어 좋은 삶을 사는 방법, 모든 생명이 똑같이 소중하다는 진리를 유쾌하게 들려준다.

노견 만세
퓰리처상을 수상한 작가가 나이 든 개를 위해 만든 사진 에세이. 저마다 생애 최고의 마지막 나날을 보내는 노견들에게 보내는 찬사.

버려진 개들의 언덕 (학교도서관저널 추천도서)
인간에 의해 버려져서 동네 언덕에서 살게 된 개들의 이야기. 대만의 생태 작가가 기록한 치열하게 살아가는 생명들의 2년간의 관찰기.

개가 행복해지는 긍정교육
개의 심리와 행동학을 바탕으로 한 긍정교육법. 50만 부 이상 판매되었다. 짖기, 대소변 가리기, 분리불안 등의 문제를 평화롭게 해결한다.

사람을 돕는 개 (한국어린이교육문화연구원 으뜸책, 학교도서관저널 추천도서)
안내견 등 장애인을 돕는 도우미견과 인명구조견, 흰개미탐지견, 검역견 등 사람과 함께 맡은 역할을 해내는 특수견들을 만나본다.

치료견 치로리 (어린이문화진흥회 좋은 어린이책)
비 오는 날 쓰레기장에 버려진 잡종 개 치로리. 치료견이 되어 전신마비 환자를 일으키고, 은둔형 외톨이 소년을 치료하는 등 기적을 일으킨다.

임신하면 왜 개, 고양이를 버릴까?
임신, 육아로 반려동물을 버리는 유일한 나라 한국. 사회현상에 대한 분석과 안전하게 임신, 육아 기간을 보내는 생활법을 가정의학과 의사에게 듣는다.

개에게 인간은 친구일까?
인간에 의해 버려지고 착취당하고 고통받는 개와 다양한 방법으로 개를 구조하고 보살피는 아름다운 사람들의 이야기가 그려진다.

용산 개 방실이 (어린이도서연구회에서 뽑은 어린이·청소년 책, 평화박물관 평화책)
용산 참사로 갑자기 아빠가 떠난 뒤 24일간 음식을 거부하고 스스로 아빠를 따라간 반려견 방실이 이야기.

동물과 이야기하는 여자
〈TV 동물농장〉에 출연해 화제가 되었던 애니멀 커뮤니케이터 리디아 히비가 20년간 동물들과 나눈 감동의 이야기. 병으로 고통받는 개, 안락사를 원하는 고양이 등과 대화를 통해 문제를 해결한다.

동물에 대한 예의가 필요해
일러스트레이터인 저자가 우리는 동물들과 어떤 관계를 맺어야 하는지 그림을 통해 이야기한다. 냅킨에 쓱쓱 그린 그림을 통해 동물들의 목소리를 들을 수 있다.

동물을 위해 책을 읽습니다
(한국출판문화산업진흥원 출판 콘텐츠 창작자금지원 선정, 국립중앙도서관 사서 추천도서)
우리는 우리가 사랑하고, 함께 입고 먹고 즐기는 동물과 어떤 관계를 맺어야 할까? 100여 편의 책 속에서 길을 찾는다.

동물을 만나고 좋은 사람이 되었다 (한국출판문화산업진흥원 출판 콘텐츠 창작자금지원 선정)
반려동물을 통해서 알게 된 세상 덕분에 조금 불편해졌지만 더 좋은 사람이 되어 가는 개·고양이에 포섭된 인간의 성장기.

순종 개, 품종 고양이가 좋아요?
귀여운 외모의 품종 개, 고양이를 좋아하지만 많은 품종 동물이 질병에 시달리다가 일찍 죽는다. 동물복지 수의사가 반려동물과 함께 건강하게 사는 법을 알려준다.

우리 아이가 아파요!
개·고양이 필수 건강 백과
새로운 예방접종 스케줄부터 나이대별 흔한 질병의 증상·예방·치료·관리법, 나이 든 개, 고양이 돌보기까지 다룬 필수 건강백서.

개·고양이 자연주의 육아백과
세계적인 홀리스틱 수의사 피케른의 개와 고양이를 위한 자연주의 육아백과. 50만 부 이상 팔린 베스트셀러로 반려인, 수의사의 필독서.

개 피부병의 모든 것
홀리스틱 수의사인 저자는 상업사료와 과도한 약물사용을 피부병 증가의 원인으로 꼽는다. 제대로 된 피부병 예방법과 치료법을 제시한다.

펫로스 반려동물의 죽음 (아마존닷컴 올해의 책)
동물 호스피스 활동가가 들려주는 반려동물의 죽음과 무지개다리 너머의 이야기.

개, 고양이 사료의 진실
미국에서 스테디셀러를 기록하고 있는 책으로 2007년 멜라민 사료 파동 등 반려동물 사료에 대한 알려지지 않은 진실을 폭로한다.

인간과 개, 고양이의 관계심리학
함께 살면 개, 고양이와 반려인은 닮을까? 248가지 심리실험을 통해 알아보는 인간과 동물이 서로에게 미치는 영향에 관한 심리 해설서.

강아지 천국
반려견과 이별한 이들을 위한 그림책. 행복하게 지내다가 천국의 문 앞에서 사람 가족이 오기를 기다리는 무지개다리 너머 반려견의 이야기.

고양이 천국
(어린이도서연구회에서 뽑은 어린이·청소년 책)
고양이와 이별한 이들을 위한 그림책. 실컷 놀고, 먹고, 자고 싶은 곳에서 잘 수 있는 곳. 함께 살던 가족이 그리울 때면 잠시 다녀가는 고양이 천국의 모습을 그려냈다.

우주식당에서 만나
(한국어린이교육문화연구원 으뜸책)
2010년 볼로냐 어린이도서전에서 올해의 일러스트레이터로 선정되었던 신현아 작가가 반려동물과 함께 사는 이야기를 네 편의 작품으로 묶었다.

고양이 그림일기
(한국출판문화산업진흥원 이달의 읽을 만한 책)
두 고양이와 그림 그리는 한 인간의 일 년 치 그림일기. 종이 다른 개체가 서로의 삶의 방법을 존중하며 사는 잔잔하고 소소한 이야기.

고양이 임보일기
《고양이 그림일기》의 이새벽 작가가 새끼 고양이 다섯 마리를 구조해서 입양 보내기까지의 시끌벅적한 임보 이야기를 그림으로 그려냈다.

고양이는 언제나 고양이였다
고양이를 사랑하는 나라 터키의, 고양이를 사랑하는 글 작가와 그림 작가가 고양이에게 보내는 러브레터.

깃털, 떠난 고양이에게 쓰는 편지
작가가 먼저 떠난 고양이에게 보내는 편지. 한 마리 고양이의 삶과 죽음, 상실과 부재의 고통, 동물의 영혼에 대해 써 내려간다.

나비가 없는 세상
(어린이도서연구회에서 뽑은 어린이·청소년 책)
고양이 만화가가 그려낸 한국 고양이 만화의 고전. 신디, 페르캉, 추새. 개성 강한 세 마리 고양이와 만화가의 달콤쌉싸래한 동거 이야기.

고양이 안전사고 예방 안내서
고양이는 여러 안전사고에 노출되며 이물질 섭취도 많다. 고양이의 생명을 위협하는 식품, 식물, 물건을 총정리했다.

고양이 질병에 관한 모든 것
40년간 3번의 개정판을 낸 고양이 질병 책의 바이블. 고양이가 건강할 때, 이상 증상을 보일 때, 아플 때 등 모든 순간 곁에 두고 봐야 할 책.

후쿠시마에 남겨진 동물들
(미래창조과학부 선정 우수과학도서, 환경부 선정 우수환경도서, 환경정의 청소년 환경책)
대지진에 이은 원전 폭발로 사람들이 떠난 일본 후쿠시마. 다큐멘터리 사진 작가가 담은 '죽음의 땅'에 남겨진 동물들의 기록.

후쿠시마의 고양이
(한국어린이교육문화연구원 으뜸책)
사람이 사라진 후쿠시마에서 살처분 명령이 내려진 동물을 죽이지 않고 돌보고 있는 사람과 함께 사는 두 고양이의 모습을 담은 사진집.

암 전문 수의사는 어떻게 암을 이겼나
세계 최고의 암 수술 전문 수의사가 동물 환자들을 통해 배운 질병과 삶의 기쁨에 관한 이야기가 유쾌하고 따뜻하게 펼쳐진다.

동물학대의 사회학 (학교도서관저널 올해의 책)
동물학대와 인간폭력 사이의 관계를 설명한다. 페미니즘 등 여러 이론적 관점을 소개하면서 동물학대 연구가 나아갈 방향을 제시한다.

동물주의 선언 (환경부 선정 우수환경도서)
현재 가장 영향력 있는 프랑스 정치철학자가 쓴 인간과 동물이 공존하는 사회로 가기 위한 철학적·실천적 지침서.

동물들의 인간 심판 (대한출판문화협회 올해의 청소년 교양도서, 세종도서 교양 부문, 환경정의 청소년 환경책, 아침독서 청소년 추천도서, 학교도서관저널 추천도서)
동물을 학대하고, 학살한 인간이 동물 법정에 선다. 고양이, 돼지 등은 인간의 범죄를 증언하고 개는 인간을 변호한다. 이 기묘한 재판의 결과는?

인간과 동물, 유대와 배신의 탄생 (환경부 선정 우수환경도서, 환경정의 선정 올해의 환경책)
미국 최대의 동물보호단체 휴메인소사이어티 대표가 쓴 21세기 동물해방의 새로운 지침서.

묻다
(환경부 선정 우수환경도서, 환경정의 올해의 환경책)
구제역, 조류독감으로 거의 매년 동물의 살처분이 이뤄진다. 사진작가인 저자가 매몰지 100여 곳을 다니며 기록했다.

사향고양이의 눈물을 마시다
(한국출판문화산업진흥원 우수출판 콘텐츠 제작지원 선정, 환경부 선정 우수환경도서, 학교도서관저널 추천도서, 국립중앙도서관 사서가 추천하는 휴가철에 읽기 좋은 책, 환경정의 올해의 환경책)
내가 마신 커피 때문에 인도네시아 사향고양이가 고통받는다고? 내 선택이 세계 동물에게 미치는 영향, 동물을 살리는 선택에 대해 알아본다.

채식하는 사자 리틀타이크
(아침독서 추천도서, 교육방송 EBS 〈지식채널e〉 방영)
육식동물인 사자 리틀타이크는 채식 사자로 살며 개, 고양이, 양 등과 평화롭게 살았다. 종의 본능을 거부한 채식 사자의 아름다운 삶의 기록.

대단한 돼지 에스더
(환경부 선정 우수환경도서, 학교도서관저널 추천도서)
인간과 동물 사이의 사랑이 얼마나 많은 것을 변화시키는지 알려주는 놀라운 이야기. 300킬로그램의 돼지 덕분에 두 남자가 채식을 하고, 동물보호 활동가가 된다.

동물복지 수의사의 동물 따라 세계 여행
(한국출판문화산업진흥원 중소출판사 우수 콘텐츠 제작지원 선정)
동물원에서 일하던 수의사가 동물원을 나와 세계 19개국 178곳의 동물원, 동물보호구역을 다니며 동물원의 존재 이유에 대해 묻는다. 동물에게 윤리적인 여행이란 어떤 것일까?

동물원 동물은 행복할까?
(환경부 선정 우수환경도서, 학교도서관저널 추천도서)
동물원 북극곰은 야생에서보다 100만 배 더 작은 공간에 갇혀 산다. 야생동물보호운동 활동가가 기록한 동물원에 갇힌 야생동물의 삶.

야생동물병원 24시
(어린이도서연구회에서 뽑은 어린이·청소년 책, 한국출판문화산업진흥원 청소년 북토큰 도서)
로드킬 당한 삵, 밀렵꾼의 총에 맞은 독수리 등 한국의 야생동물이 사람과 부대끼며 살아가는 슬프고도 아름다운 이야기.

숲에서 태어나 길 위에 서다
(환경부 환경도서 출판 지원사업 선정)
한 해에 로드킬로 죽는 야생동물은 200만 마리다. 인간과 야생동물이 공존할 수 있는 방법을 찾는 현장 과학자의 야생동물 로드킬에 대한 기록.

동물 쇼의 웃음 쇼 동물의 눈물
(한국출판문화산업진흥원 청소년 권장도서, 한국출판문화산업진흥원 청소년 북토큰 도서)
동물 서커스와 전시, TV와 영화 속 동물 연기자, 투우, 투견, 경마 등 동물을 이용해서 돈을 버는 오락산업 속 고통받는 동물들의 숨겨진 진실.

동물노동

인간이 거의 모든 동물을 착취하면서 사는 세상에서 동물노동에 대해 묻는 책. 동물을 노동자로 인정하면 그들의 지위가 향상될까?

고통받은 동물들의 평생 안식처 동물보호구역

(환경부 선정 우수환경도서, 환경정의 올해의 어린이 환경책, 한국어린이교육문화연구원 으뜸책)

고통받다가 구조되었지만 오갈 데 없었던 야생동물의 평생 보금자리. 전 세계 동물보호구역을 다니면서 행복하게 살고 있는 동물을 만난다.

고등학생의 국내 동물원 평가 보고서

(환경부 선정 우수환경도서)

동물원에서 무슨 일이 일어나고 있나? 국내 9개 동물원이 종보전, 동물복지 등 현대 동물원의 역할을 제대로 하고 있는지 평가했다.

동물은 전쟁에 어떻게 사용되나?

전쟁은 인간만의 고통일까? 자살폭탄 테러범이 된 개 등 고대부터 현대 최첨단 무기까지, 우리가 몰랐던 동물 착취의 전쟁의 역사.

똥으로 종이를 만드는 코끼리 아저씨

(환경부 선정 우수환경도서, 한국출판문화산업진흥원 청소년 권장도서, 서울시교육청 어린이도서관 여름방학 권장도서, 한국출판문화산업진흥원 청소년 북토큰 도서)

코끼리 똥으로 만든 재생종이 책. 코끼리 똥으로 종이를 만들면서 사람과 코끼리가 평화롭게 살게 된 이야기를 똥 종이에 그려냈다.

물범 사냥

(노르웨이국제문학협회 번역 지원 선정)

북극해로 떠나는 물범 사냥 어선에 감독관으로 승선한 마리는 낯선 남자들과 6주를 보내야 한다. 남성과 여성, 인간과 동물, 세상이 평등하다고 믿는 사람들에게 펼쳐 보이는 세상.

햄스터

햄스터를 사랑한 수의사가 쓴 햄스터 행복·건강 교과서. 습성, 건강관리, 건강식단 등 햄스터 돌보기 완벽 가이드.

토끼

토끼를 건강하고 행복하게 오래 키울 수 있도록 돕는 육아 지침서. 습성·식단·행동·감정·놀이·질병 등 토끼 돌보기의 모든 것을 담았다.

토끼 질병의 모든 것

토끼의 건강과 질병에 관한 모든 것, 질병의 예방과 관리, 증상, 치료법, 홈 케어까지 완벽한 해답을 담았다.

황금 털 늑대 (학교도서관저널 추천도서)

공장에 가두고 황금빛 털을 빼앗는 인간의 탐욕에 맞서 늑대들이 마침내 해방을 향해 달려간다. 생명을 숫자가 아니라 이름으로 부르라는 소중함을 알려주는 그림책.

원고를 기다립니다
드러내어 기억하다 시리즈는 인간을 위해서 존재하다가 소리 없이 사라지는 동물들의 이야기입니다. 그들의 삶을 기억하기 위해 기록합니다. 이 시리즈에 적합한 원고라면 투고해 주세요. animalbook@naver.com

"병원에서 8년이나 살았으니
마지막은 넓은 마당에서 자유롭게 살게 해주자"

수술 실습견 쿵쿵따

초판 1쇄 2023년 8월 4일

글·그림 박민경

편집 김보경
교정 김수미
디자인 나디하 스튜디오(khj9490@naver.com)
인쇄 정원문화인쇄

펴낸이 김보경
펴낸 곳 책공장더불어

책공장 더불어
주소 서울시 종로구 혜화로16길 40
대표전화 (02)766-8406
이메일 animalbook@naver.com
블로그 http://blog.naver.com/animalbook
페이스북 @animalbook4
인스타그램 @animalbook.modoo

ISBN 978-89-97137-61-9 (03810)

*잘못된 책은 바꾸어 드립니다.
*값은 뒤표지에 있습니다.